시리얼
C Real
programmming

시리얼(C programming Real)

진짜 이해하기 쉽게 쓰여진 C programming 기본서

—

초판 1쇄 발행 2017년 10월 22일

—

지은이   조용관
발행인   문현광

—

교정교열   문현광, 조세현
디자인   정현도
마케팅   김태성, 김경준, 김현후

—

발행처   하움출판사
홈페이지   http://haum.kr/
출판문의   070 - 7617 - 7779
F A X   062 - 716 - 8533

ISBN   979-11-88461-06-6

진짜 이해하기 쉽게 쓰여진
C programming 기본서

시리얼 C Real

programmming

조용관 지음

하움출판사

Contents

　먼저, 코딩에 대해 학습하기 전에 코딩이 단순히 암기과목이 아니라 생각하는 힘을 기르는 수단이고 방법임을 상기하고자 한다.

스마트폰과 SNS의 생활화부터 알파고와 VR(가상현실) 등장은 우리 일상에 ICT(정보융합기술)를 밀착하였고 삶의 질을 한 단계 높여놓았다. ICT는 이제 삶의 일부이며, 필수불가결한 존재로 인식되고 있다.

이러한 상황에서 SW 과목의 도입은 그 자체로 환영할 일이며, ICT 선진국으로 거듭나기 위해서 당연한 처사라고 생각한다.

　그렇다면, 우리는 왜 코딩을 배워야 할까? 학교 시험? 취업? 고액연봉? 지금은 고인이 된 스티브 잡스가 이에 대한 명확한 답을 알려주었다.

*"Everybody in this country should learn to program a computer....
because it teaches you how to think."*

– 故 스티브 잡스

바로 코딩을 통해서 생각하는 방법을 기르기 위해서이다.

물론, 코딩이라는 학습에도 약속된 의사소통(문법)이 필요하고, 때로는 암기가 필요할 때도 있다. 하지만 궁극적인 코딩 학습 목적은 창의적으로 사고하는 힘을 기르는 것이라는 것을 반드시 염두에 두자.

이 책은 코딩을 처음 접하는 학생을 대상으로 기본 문법과 생각하는 힘을 기르는 데 많은 도움이 될 것이다.

컴퓨터와 언어

컴퓨터와 언어

컴퓨터 언어

우리가 학습하게 될 코딩은 컴퓨터를 통해 이루어진다. 따라서 컴퓨터에 대한 기본적인 이해에서부터 코딩은 시작된다.

★ *coding* : 컴퓨터 언어로 프로그램을 만드는 것

잘 알고 있는 내용이지만, 컴퓨터는 입력, 기억, 연산, 제어, 출력 등의 여러 가지 기능을 통하여 데이터를 처리한 후 사용자가 원하는 Game, SNS, 온라인쇼핑, Youtube 영상 등의 유용한 정보를 제공하고 있다.

그렇다면, 과연 어떻게 컴퓨터가 제공하는 정보를 사용자가 받아들일 수 있을까? 다시 말해 컴퓨터와 사람은 어떻게 서로 통신을 할 수 있는 것일까? 이를 이해하기 위해 컴퓨터가 사용하는 언어 체계를 알아보자.

컴퓨터는 '**기계어**'라는 고유 언어를 사용하는데, 기계어는 '0' 과 '1' 두 개의 숫자로 값을 표현하는 이진법 체계를 사용한다. 즉, 컴퓨터는 전기가 흐르거나(On), 흐르지 않는(Off) 2가지 상태 변화를 통하여 값을 표현한다.

이해를 돕기 위해 우리가 초등학교 때 배운 꼬마전구를 기억해보자. 스위치를 'On' 하면 전기가 통하여 전구에 불이 밝혀지고, 스위치를 'Off' 하면 전기가 통하지 않아 전구에 불이 들어오지 않는다.

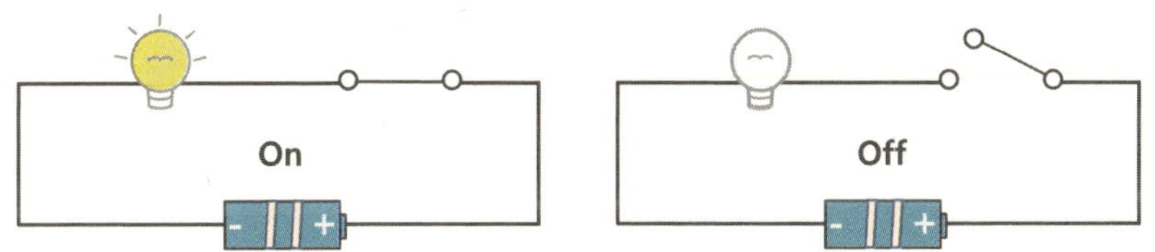

컴퓨터 역시 전기로 동작하는 기계이기 때문에, 아래 표와 같이 전기신호의
두 가지 상태변화로 값을 표현할 수 있다.

상태	값
ON	1
OFF	0

Section 1-2
비트(bit)의 등장

앞에서 살펴보았듯이, 컴퓨터는 특정 순간에 전기신호의 상태를 통해서 값
을 표현하는데, 이때 사용되는 기본 단위가 bit이다. 아래에는 bit를 통한 값의
표현 방식을 설명하였다.

먼저 한 개의 bit로 2가지 값의 표현이 가능하다. 특정 순간에 전기신호가
'On'일 경우 '1' 혹은 'Off'일 경우 '0'으로 값을 표현할 수 있다.

두 개의 bit로 4가지 값의 표현이 가능하다. 한 개의 bit로 2가지 값의 표현이
가능한데, 이런 bit가 두 개 있기 때문에, 아래와 같은 값의 조합이 나올 수 있
다.

세 개의 bit로 8가지 값의 표현이 가능하다.

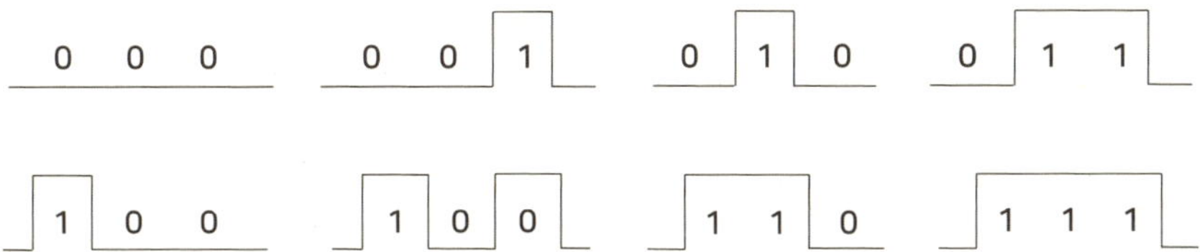

　결론적으로, 컴퓨터는 bit들의 조합으로 값의 표현이 가능하며, 실제로 아래 식처럼 n개의 bit로 2n 가지의 값을 나타낼 수 있다.

$$\text{n개의 bit로 표현 가능한 가짓수} = 2^n$$

여기서 한 가지 가정을 해보자. 만약, bit 조합의 의미를 사전처럼 정의하였을 때, bit 값들이 정의된 사전을 사용자가 가지고 있다면 어떻게 될까? 아마도, 사용자와 컴퓨터는 상호 간에 소통할 수 있음을 미루어 짐작할 수 있을 것이다.

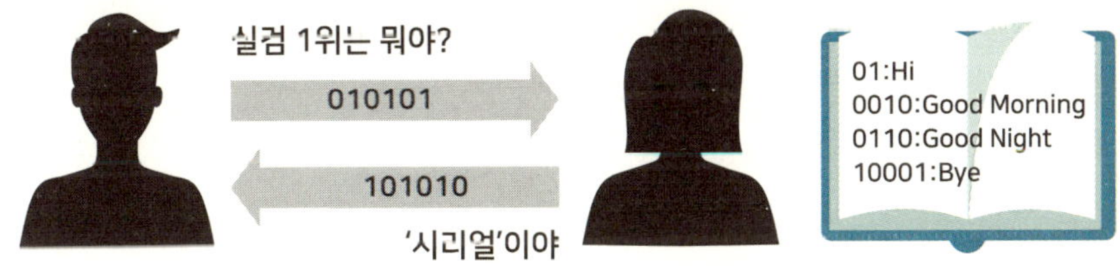

다음 section에서 컴퓨터가 bit로 값을 표현하기 위해 사용하였던 이진법을 우리가 사용하는 십진법으로 변환하는 방법에 대하여 학습해보자.

이진법과 십진법

우리는 서로 다른 언어를 이용하는 컴퓨터와 사용자가 어떻게 통신을 하는지 그 방법에 대하여 살펴볼 것이다. 이를 위해 컴퓨터와 사용자가 쓰는 수 체계를 떠올려 보자.

컴퓨터는 '0'과 '1' 2개의 숫자로 값을 표현하는 2진수(법) 체계를 사용하며, 사용자는 '0'부터 '9'까지 10개의 숫자로 값을 표현하는 10진수(법) 체계를 사용한다.

서로 다른 수 체계를 이해하기 위해서는 상호 변환 방법이 존재하는데, 10진수 $14_{(10)}$를 가지고 10진수와 2진수로 각각 변환하는 방법을 살펴보도록 하자.

① 10진수 → 2진수
1) 몫이 '2'로 더 나누어지지 않을 때까지 계산한다.

$$
\begin{array}{r}
2\,)\,\underline{14} \\
2\,)\,\underline{7} \ \cdots\ 0 \\
2\,)\,\underline{3} \ \cdots\ 1 \\
1 \ \cdots\ 1
\end{array}
$$

ⅰ. 14를 2로 나누면 몫이 7이고, 나머지가 0
ⅱ. 7을 2로 나누면 몫이 3이고, 나머지가 1
ⅲ. 3을 2로 나누면 몫이 1이고, 나머지가 1
ⅳ. 몫이 1이므로 계산 종료

2) 마지막 나머지 값부터 역순으로 적으면 '$1110_{(2)}$'이 되는데, 2진수로 변환된 것이다.

② 2진수 → 10진수

1) 2진수 각 자릿수와 2진수 값을 곱한다.

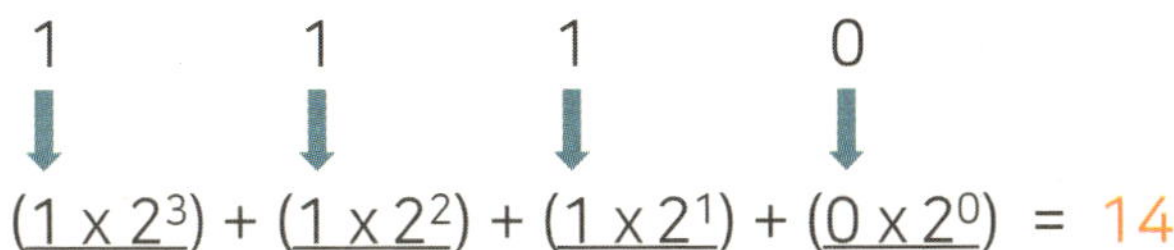

$$(1 \times 2^3) + (1 \times 2^2) + (1 \times 2^1) + (0 \times 2^0) = 14$$

2) 곱한 값을 전부 더하면 $14_{(10)}$가 되는데, 10진수로 변환된 것이다.

이렇게 서로 다른 수 체계를 사용하는 컴퓨터와 사용자는 상호 변환을 통하여 값의 이해가 가능해진다. 2진수를 사용하든 10진수를 사용하던 표현하는 방법만 다를 뿐 결국은 같은 값을 의미하기 때문이다.

참고로 숫자 끝에 괄호( )를 통하여 10진수, 2진수임을 구별한다. 앞으로 특별한 언급이 없는 한 우리가 쓰는 10진수는 괄호( )를 생략하여 사용한다.

Section 1-4
메모리의 등장

컴퓨터가 사용자에게 유용한 정보를 제공하기 위해서 데이터를 저장하고 기억하는 공간이 필요로 하는데, 이를 담당하는 컴퓨터의 장치가 메모리이다.

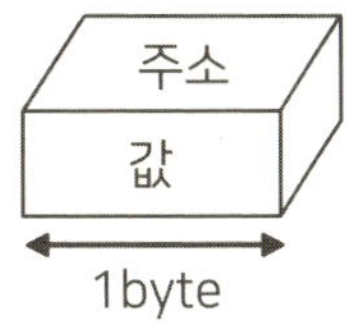

· 주소 : 메모리 공간에 부여 받은 고유의 번지
· 값   : 메모리 공간에 저장되는 데이터
· 단위 : 메모리의 기본단위는 1byte(=8bits)

위 그림을 참고하여 메모리의 특징을 하나씩 알아보자.

먼저 메모리의 기본 단위는 1byte이다. 하나의 byte는 여덟 개의 bit로 구성되는데, 8개의 bit가 1byte를 이루어 메모리의 기본 단위가 되는 것이다.
또한, 메모리에는 기본 단위 1byte마다 고유 주소가 존재하는데, 데이터가 저장되는 공간을 바로 이 주소를 통해 기억하는 것이다.

1번지	2번지	3번지	...	99번지	100번지	101번지
00000000	11111111	01010101	...	00001111	11110000	00111000
102번지	103번지	104번지	...	999번지	1000번지	...
10111001	10111100	11111001	...	00110100	00000010	...

위 표에서 볼 수 있듯이 메모리에는 수많은 데이터를 저장할 수 있게끔 공간이 마련되어 있으며, 하나의 번지에 1byte만큼의 데이터를 저장할 수 있다. 이때, 데이터는 2진수 값으로 저장된다는 것을 잊지 말자.

실제로 10진수 '24'가 메모리에 저장되는 형태를 살펴보자. 데이터는 2진수 값으로 저장되기 때문에, '24'는 2진수 값 '10100$_{(2)}$'으로 변환하여 메모리에 저장된다. 이때 메모리의 기본 단위는 1byte라고 하였다. '24'를 메모리에 저장하기 위해서 5개의 bit로 충분하기 때문에 나머지 bit 자리는 '0'으로 채우게 된다.

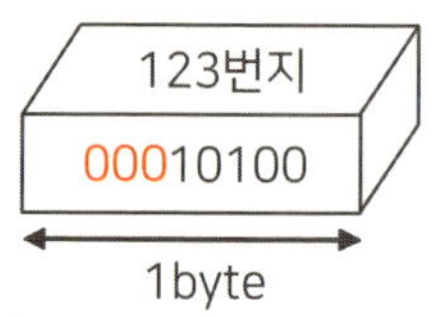

만약, 8개의 bit로 표현하기 충분치 않은 값을 메모리에 저장하기 위해서는 어떻게 할까? 10진수 '2030'이 메모리에 저장되는 형태를 살펴보자. 10진수 '2030'을 2진수 값으로 변환하면 8개보다 많은 수의 bit가 필요하다. 당연하겠지만, 이럴 경우 byte를 추가로 사용하여 데이터를 저장하면 된다.

실제로 코딩을 하다 보면 메모리 공간에 데이터를 저장하고, 때로는 메모리에 저장된 데이터를 불러와서 사용하기도 한다. 그럼, 사용자는 데이터를 저장하고, 불러오기 위하여 어떠한 방식으로 메모리에 접근 할까?

가장 기계적인 방법으로는 메모리 주소를 통하여 접근하는 것이다. 가장 확실한 방법이기는 하나 일일이 메모리 주소를 입력해야 하고, 관리해만 하는 번거로움이 있다.
이를 위하여, C언어에서는 메모리 접근의 편의를 위하여 '변수'라는 개념을 사용한다.
이 변수를 통하여 데이터가 저장되는 메모리 공간에 사용자가 직접 이름을 부여함으로써 메모리 주소가 아닌 변수 이름을 통하여 컴퓨터 메모리에 손쉽게 접근할 수 있다.

Chapter 3에서 자세히 설명하겠지만, 변수를 생성하기 위해서는 아래 과정이 필요하다.

• **변수명** : 사용자는 메모리 공간에 이름을 부여한다.
• **자료형** : 변수에 저장할 데이터가 몇 byte를 크기를 필요로 하는지 지정해 준다. (데이터 크기에 따라 알맞은 자료형을 선택하며, 자료형에 따라 메모리 공간을 확보)

자료형	크기	자료형	크기
char	1 byte	int	4 byte
short	2 byte	double	8 byte

변수의 생성과 동시에 메모리에 데이터를 저장할 수도 있다. 이를 '초기화'라고 한다.

• **초기화** : 생성된 변수에 데이터를 저장한다.

아래 소스코드의 의미는 다음과 같다. 사용자가 4byte 메모리 공간을 확보한 후 이 공간을 'year'이라고 정하였다. 이때, 확보된 메모리 공간에 '2018' 값을 저장한다.

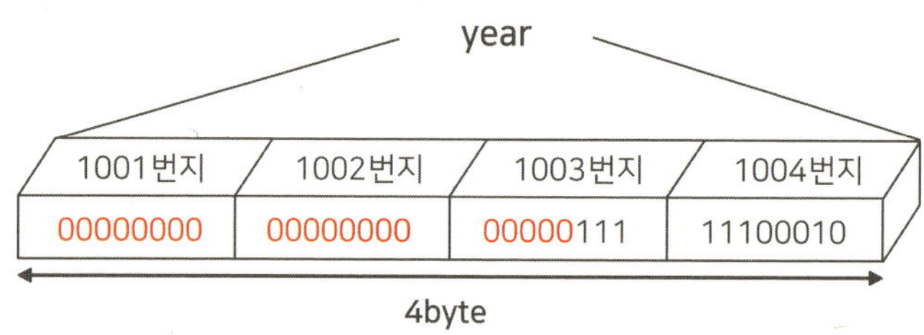

- **변수명** : 확보한 메모리 공간에 'year'이라는 이름을 부여
- **자료형** : int를 통하여 컴퓨터 메모리상에서 4byte 메모리 공간을 확보
- **초기화** : 변수 'year'에 '2018'을 저장하여 초기화

위 과정을 거친 후에, '2018' 값이 메모리 공간에 저장되며, 이후 '2018'이란 값을 사용하기 위해서는 복잡한 메모리 주소를 일일이 찾아 접근하는 것이 아니라 생성한 변수 'year'를 이용하면 된다.

   지금까지 우리는 C언어를 학습하기 전에 알아두어야 할 컴퓨터 기본 지식을 살펴보았다.

다음 chapter에서는 C언어로 코딩하기 위해 사용되는 개발 프로그램을 설치할 것이다. 컴퓨터 사양에 따라서 설치 시간이 다르겠지만, 프로그램을 설치하는 동안 이번 chapter에서 학습한 내용을 다시 한번 복습해보자.

Visual Studio 설치 및 실행

Visual Studio 설치 및 실행

우리가 앞으로 수행하게 될 코딩은 마이크로소프트(社)에서 제공하는 'Visual Studio 2017' 프로그램을 통해서 이루어진다. 'Visual Studio 2017'은 프로그램 목적과 사용자 수준에 따라 여러 개발 환경 도구(tool)를 제공하는데, 이번 Chapter에서는 C언어를 코딩하는 데 기본적으로 필요한 option들과 실행방법을 소개하려고 한다. 인터넷에서 'Visual Studio 2017'을 검색한 후 설치 파일을 내려 받도록 하자.

프로그램 설치하기

워크로드 | 설치 파일을 내려 받은 후 실행을 하면 맨 먼저 아래 '워크로드'창이 등장한다. 여러 워크로드 option을 선택하여도 무방하나, 우리가 학습할 C언어 개발을 위해서는 '**C++를 사용한 데스크톱 개발**'을 반드시 포함해야 한다.

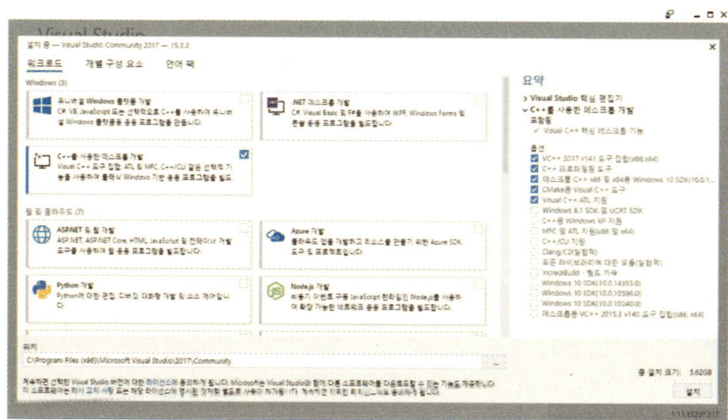

제품 | 다음으로 제품을 선택할 수 있는 화면이 나오는데, 'Visual Studio Community 2017'이면 이 책에서 디룰 기능들을 충분히 제공한다.

개발자 서비스 | Visual Studio 시작하기 전에 아래 **'개발자 서비스 연결'** 화면이 등장하는데, 되도록 새롭게 계정을 생성하여 등록하자.

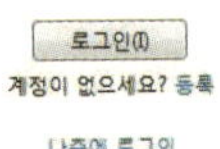

환경설정 | 다음으로 **'화면 환경 설정'** 화면 창이 등장하는데, 선호에 따라 선택하면 된다.

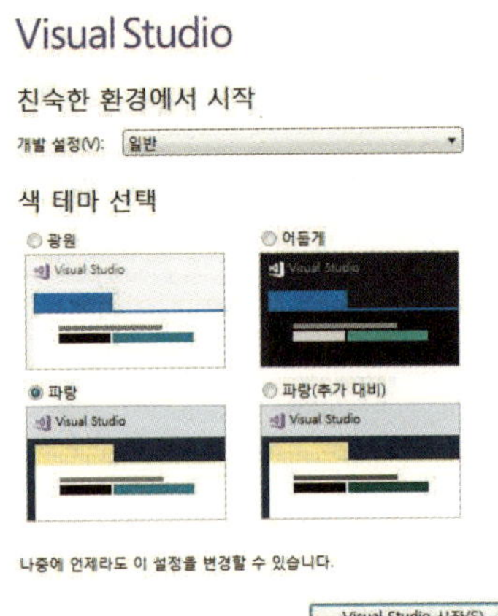

설치가 완료되면 Visual Studio를 시작하여 보자.

프로그램 실행하기

Visual Studio 2017 프로그램을 처음 시작하면 아래 시작 페이지가 등장한다.

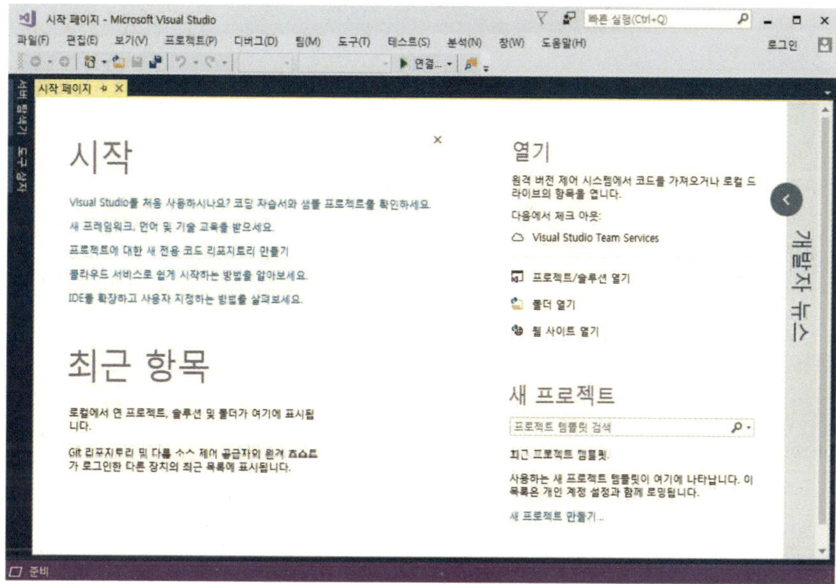

프로젝트 만들기 | 시작화면에서 **파일(F)** ▶ **새로 만들기(N)** ▶ **프로젝트(P)** 순서로 프로젝트를 생성하여 보자.

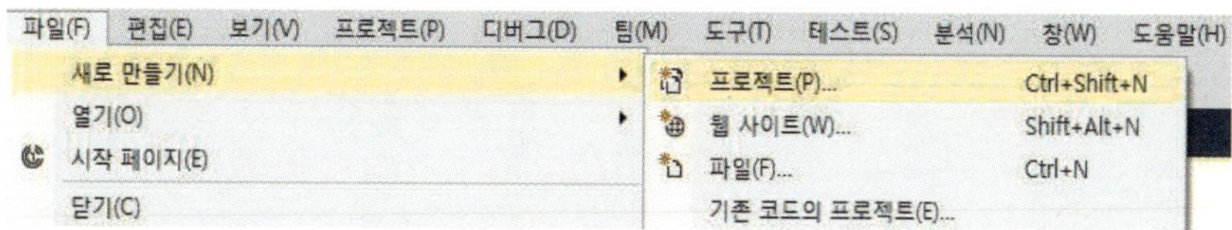

'Windows 데스크톱 마법사'를 선택한 후 이름에 임의로 'TestProject'라고 입력한다. 이때 솔루션 이름은 자동으로 입력이 된다. 이어서 '확인' 버튼을 클릭한다.

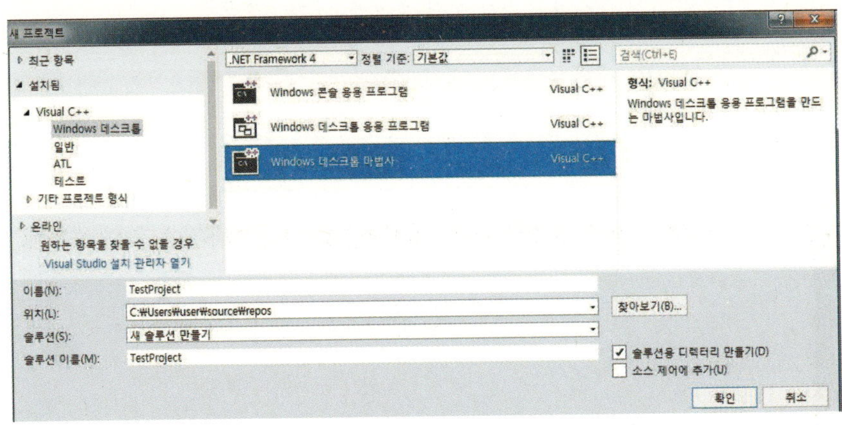

응용 프로그램 설정 | Windows 데스크톱 프로젝트 창이 등장하는데, 응용 프로그램 종류(T)는 '콘솔 응용 프로그램(.exe)를 선택하며, 추가 옵션으로 '빈 프로젝트(E)'를 포함한다.

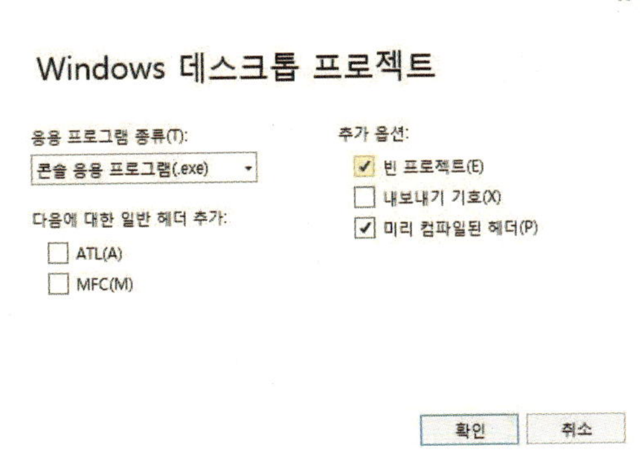

'확인'을 선택하면 TestProject 이름의 작업공간이 마련되었다.

소스 파일 생성 | 우리가 원하는 프로그램을 작성할 수 있도록 아래 그림과 같이 TestProject라는 이름으로 프로젝트가 생성되었는데, 추가로 이 프로젝트를 구성하는데 필요한 파일들을 생성해야 한다.

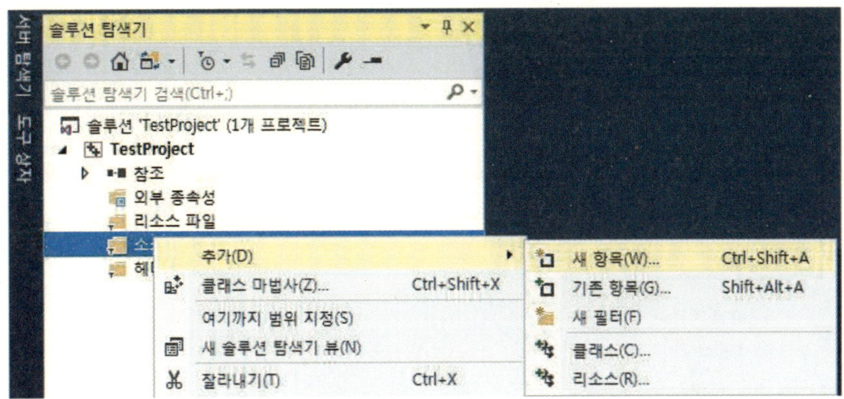

우리가 처음 테스트로 코딩할 파일을 생성하기 위해 'C++ 파일'을 선택하며, 이름은 'Test.c'라고 임의로 만들었다. 확장자가 '.cpp'가 아닌 '.c' 임을 주목하자.

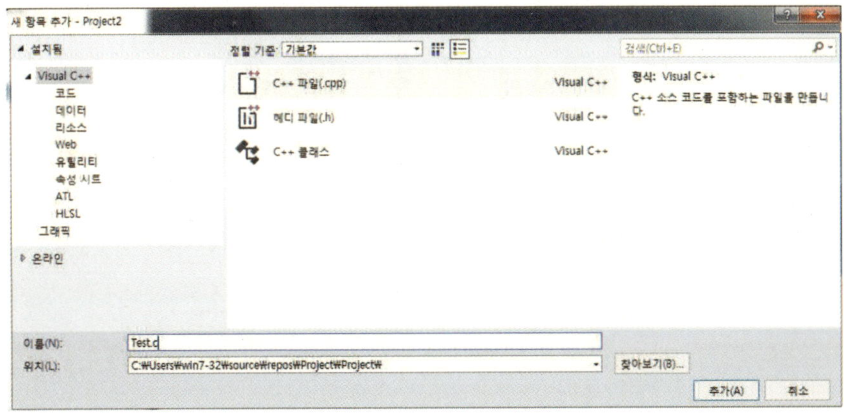

이후 '추가(A)' 버튼을 클릭하면 'Test.c' 라는 파일 이름으로 소스코드를 만들 수 있는 작업 공간이 탄생하였다.

C언어를 처음 접하였다면 새로운 프로그램과 용어에 익숙하지 않을 것이다. 처음부터 개념을 잡고 이해하는데 혼란스러울 수도 있겠지만, 반복하여 연습하고, 사용하다 보면 분명히 익숙해질 것이다.

드디어 첫걸음이다. 여러분 손으로 다음 소스코드를 직접 작성하여 보자.

```
1    #include <stdio.h>
2
3    int main(void)
4    {
5      printf("Hello World!");
6      return 0;
7    }
```

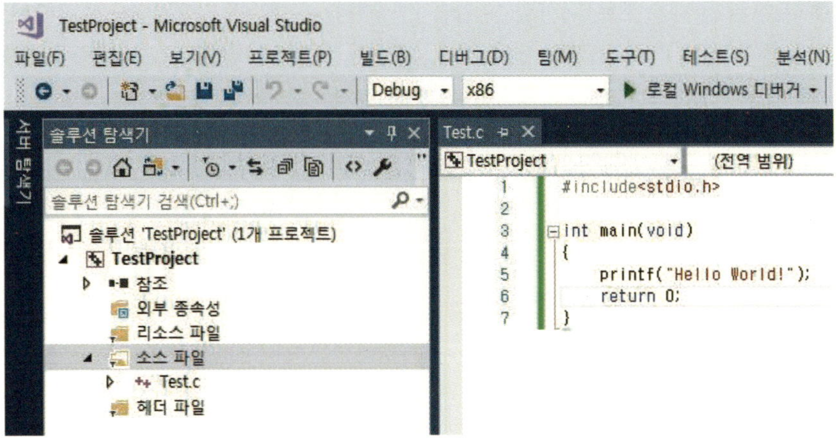

이제 작성한 소스코드 결과를 확인해 볼 순간이다.

'디버그(D) ▶ 디버그하지 않고 시작(H)'을 선택하거나 단축키 'Ctrl+F5'를
눌러보자.

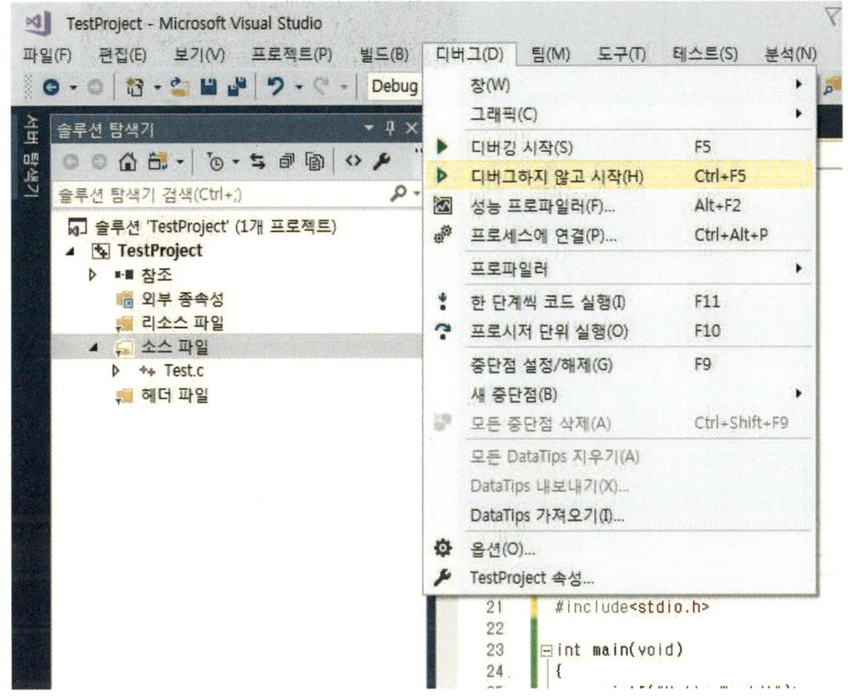

여러분의 첫 코딩 결과물이다. 작성한 소스코드의 결과물이 도스 실행 창
(CMD)에 나타나는 것을 확인할 수 있다.

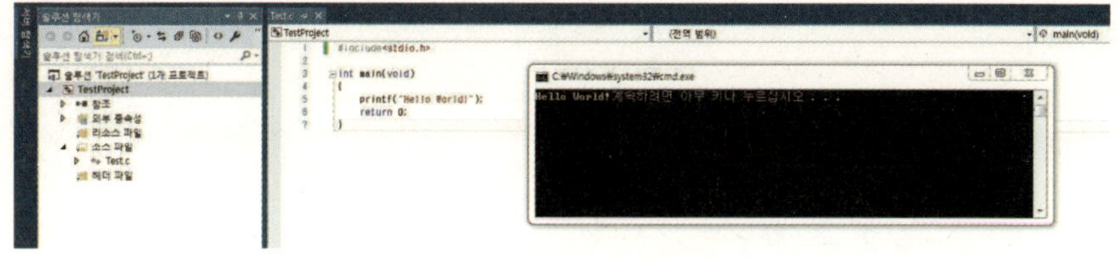

※ *'Visual Stdio'* 버전에 따라 설치 과정이 다를 수 있음

입출력 함수

입출력 함수

먼저 코딩이란 무엇일까? 한 문장으로 정의하면 "컴퓨터가 이해하는 언어로 프로그램을 작성하는 일"이 될 것이다. 이때 프로그램이 동작하기 위한 명령어들의 집합이 소스코드가 된다.

한편 사용자가 프로그램을 구현하기 위해서는 작성된 소스코드 역시 하나의 언어 체계를 갖추어 컴퓨터가 이해할 수 있어야 한다. 이렇게 컴퓨터와 사용자가 동시에 이해할 수는 있는 언어를 프로그래밍 언어라고 한다. 세상에는 수많은 프로그래밍 언어가 존재하며, 목적에 따라 다양하게 활용되는데, 우리가 학습할 C언어는 여러 프로그래밍 언어의 기초가 되고 있다.

C언어와 함수

이제 여러분은 프로그램을 만들기 위해 C언어를 사용하여 소스코드를 작성하는 프로그래머가 된 것이다.

C언어 역시 하나의 언어이기 때문에, 사용자와 컴퓨터가 소통하기 위해서는 상호 간에 약속을 의미하는 '문법'이 존재한다. C언어의 중요한 문법은 책 전반에 걸쳐서 지속해서 소개하고 설명할 것이다. 이와 더불어 C언어에서는 함수를 제공하고 있는데, 실제로 프로그램을 구현할 때 가장 중요한 역할을 하는 것이 바로 '함수' 이다. (함수의 정의에 대해서는 책 후반부에 다시 설명하겠다.)

함수는 사용자가 직접 설계하여 사용할 수도 있지만, C언어에서는 자주 사용하는 함수를 C언어 표준 라이브러리(Standard library)에 성의하여 필요할 때마다 쉽게 사용할 수 있도록 기능을 제공하고 있다. 여기서, 라이브러리는 글자 그대로 표준 함수들의 저장고라고 이해하면 된다.

이번 chapter에서 학습할 'printf' 함수와 'scanf' 함수가 표준 함수의 대표적인 함수이다.

- printf 함수 : 데이터를 모니터에 출력하는 표준 출력함수
- scanf 함수 : 키보드로부터 데이터를 입력받는 표준 입력함수

이제부터 표준 입·출력함수를 시작으로 본격적으로 C언어를 학습해 볼 것이다. 우선 앞선 chapter에서 예제로 작성해본 소스코드를 살펴보면서 소스코드 기본 포맷에 익숙해지자.

자세히 들여다보면 분명 어디선가 들어보고, 사용한 적이 있는 단어들이 포함되어 있을 것이다. 단어의 뜻을 바탕으로 라인별로 어떠한 의미를 지니는지 알아보자. 단, 집중은 하되 모든 것을 이해할 필요는 없다.

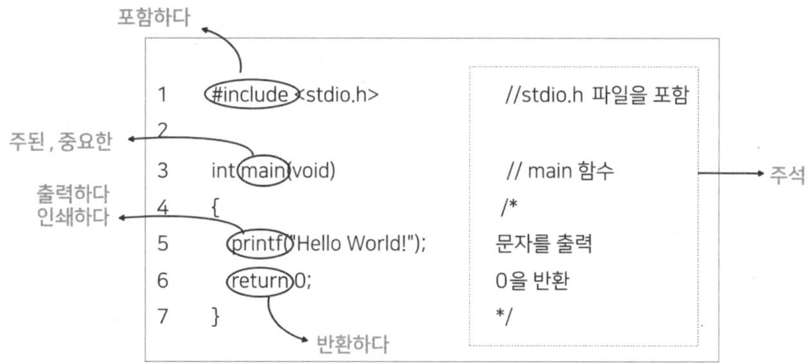

• **1행** : 'stdio.h' 라는 헤더 파일을 포함한다. C언어에서 제공하는 표준 라이브러리는 헤더 파일(.h)에 존재하는데, 'stdio.h'는 입출력과 관련된 표준함수들이 포함되어 있다. 여기서, stdio는 'Standard Input/Output library'를 의미한다.

• **3행** : 프로그램의 시작을 알리는 'main' 함수가 위치하였다. C언어에서 모든 함수는 아래 그림과 같이 입출력 형태와 이름 그리고 함수 몸체로 구성된다. 4행에서 7행까지가 'main' 함수의 몸체를 이루는 것이다.

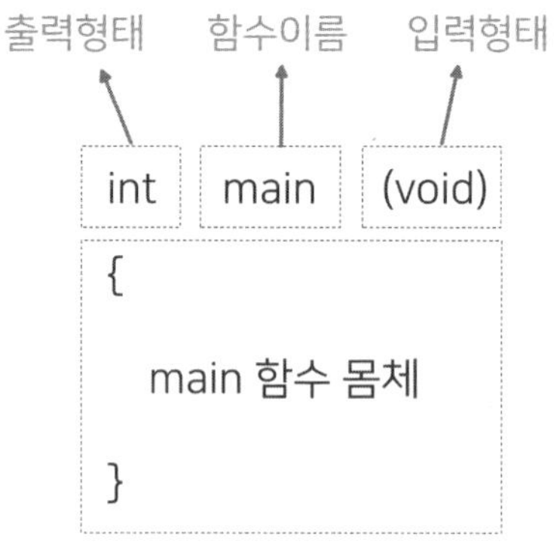

• **5행** : ‘main’ 함수 몸체에 표준 출력함수 ‘printf’ 함수가 위치하였다. 1행에서 ‘stdio.h’ 라는 헤더 파일을 포함함으로써 우리는 입출력과 관련된 표준 함수를 마음껏 사용할 수 있다. 아울러 함수 끝에 세미콜론(;)이 위치하는데 해당 라인(실제로는 명령)의 종료를 의미한다.

• **6행** : 숫자 ‘0’을 반환하면서 ‘main’ 함수의 종료를 알린다. 'return' 뒤에 위치한 숫자 ‘0’은 프로그램의 정상적인 종료를 의미한다.

마지막으로, 네모 상자에 주석이란 부분이 나오는데, 이는 소스코드의 뜻을 풀어쓴 글이다. 단일 행의 경우 ‘//’를 이용하며, 복수 행의 경우 ‘/* */’를 이용한다. 주석은 소스코드를 실행할 때 프로그램에 아무런 영향을 미치지 않고, 오로지 소스코드의 설명을 위해 사용된다.

Section 3-2
printf 함수

이번 section에서는 표준 출력함수 ‘printf’를 학습할 것이다. C언어에 대한 친밀도를 높이기 위하여 다양한 예세와 설명을 준비하였으니 차근차근 학습해 나가기로 하자.

한편 사용자가 프로그램을 구현하기 위해서는 작성된 소스코드 역시 하나의 언어 체계를 갖추어 컴퓨터가 이해할 수 있어야 한다. 이렇게 컴퓨터와 사용자가 동시에 이해할 수는 있는 언어를 프로그래밍 언어라고 한다. 세상에는 수많은 프로그래밍 언어가 존재하며, 목적에 따라 다양하게 활용되는데, 우리가 학습할 C언어는 여러 프로그래밍 언어의 기초가 되고 있다.

```
printf(" 출력내용 ");
```

앞에서 설명하였듯이 'printf' 함수는 데이터를 모니터에 출력하는 기능을 수행하는데, 출력하고자 하는 내용은 큰 따옴표(" ") 안에 위치한다. 이때 출력하고자 하는 데이터에 따라서 형태가 조금씩 차이가 날 수는 있으나 기본 구조는 같다.

문자열 출력 | Visual Studio를 실행하여 아래 예제를 직접 작성한 후 실행결과를 확인해보자. 아래 예제는 'printf' 함수의 큰 따옴표(" ") 안에 문자열만을 출력하는 소스코드이다.

예제 3.1 PrintfTest1.c

```
1    #include <stdio.h>
2
3    int main(void)
4    {
5        printf("시리얼!");
6        return 0;
7    }
```

▼ 결과

```
시리얼!
```

결과에서 확인할 수 있듯이 'printf' 함수의 큰 따옴표(" ") 안에 있는 문자열이 도스 실행 창(CMD)을 통하여 모니터에 그대로 출력된다.

예제 3.2 PrintfTest2.c

```
1    #include <stdio.h>
2
3    int main(void)
4    {
5        printf("시리얼!");
6        printf("저자 : 조용관");
7        return 0;
8    }
```

▼ 결과

```
시리얼!저자 : 조용관
```

5, 6번째 행에 'printf' 함수를 통해 문자열을 출력하려고 한다. 그런데 출력된
결과를 확인해보니 2가지 문자열이 구분 없이 출력되어 읽기에 어렵다. 이렇
게 출력하려고 하는 문자열이 여러 행에 존재할 때 문자열의 구분을 위하여
'줄 바꿈(개행)' 기능을 지원한다. 바로 특수문자 '＼n'를 추가하면 줄 바꿈 기
능을 수행하는데, 아래 예제를 통하여 직접 확인해 보자.

예제 3.3 PrintfTest3.c

```
1    #include <stdio.h>
2
3    int main(void)
4    {
5        printf("시리얼! ₩n");
6        printf("저자 : 조용관 ₩n");
7        return 0;
8    }
```

▼ 결과

```
시리얼!
저자 : 조용관
```

개행문자 '＼n' 를 통하여 서로 다른 문자열을 명확하게 구분할 수 있게 되었
다. 참고로 '＼' 기호는 키보드에서 '₩' 버튼과 동일하다.

메모리 데이터 출력 | 'printf' 함수는 위에 예제처럼 소스코드 상에 직접 입력한 문자열 이외에도 메모리에 저장된 데이터를 모니터에 출력할 수도 있다. 이때 'printf' 함수 구조는 아래 그림과 같은데, 쉼표(,)를 기준으로 메모리에 저장된 데이터를 큰 따옴표(" ")에 전달한다. 'printf' 함수에서 출력이 이루어진 부분은 큰 따옴표(" ")임을 다시 한번 기억하자.

메모리에 저장된 데이터는 컴퓨터가 사용하는 2진수로 이루어져 있다. 2진수로 이루어진 데이터를 모니터로 출력하기 위해서는 원하는 출력형태를 지정해 주어야 한다. 즉, 표현하려는 데이터의 목적과 수단에 따라서 출력형태가 달라질 수 있다.

이렇게 C언어에서 출력형태를 지정하는 역할을 하는 것이 바로 '서식문자'이다. 서식문자에 따른 출력형태를 다음 표에 나타내었다.

서식문자	형태	서식문자	형태
%d	10진수 정수	%c	문자
%f	10진수 실수	%s	문자열
%o	8진수 정수	%p	주솟값
%x	16진수 정수	%e	지수형태 실수 (e 표기법)

메모리에 저장된 데이터는 내부의 저장 위치나 생성/소멸 시기 등에 따라서 여러 이름으로 존재한다. 이 부분은 다음 chapter에서 자세히 다룰 것인데, 지금은 메모리에 저장된 데이터가 그 이름에 상관없이 서식문자를 통하여 어떻게 출력되는지 확인하도록 하자.

아래 예제 5행에서 보이는 데이터 '31'은 메모리 내에 '상수'라는 이름으로 저장되어 있다. 실제로 상수 '31'은 메모리 내에 2진수 '11111$_{(2)}$'로 저장되어 있지만, 서식문자 '%d'를 통하여 10진수 정수 형태로 출력되는 것을 확인할 수 있다.

예제 3.4 PrintfTest4.c

```
1    #include <stdio.h>
2
3    int main(void)
4    {
5        printf("%d", 31);
6        return 0;
7    }
```

▼ 결과

```
31
```

이어서 아래 예제에서는 같은 소스코드에 서식문자를 '%x'로 변경하였다.

예제 3.5 PrintfTest5.c

```
1    #include <stdio.h>
2
3    int main(void)
4    {
5        printf("%x", 31);
6        return 0;
7    }
```

▼ 결과

```
1f
```

메모리에 저장된 2진수 '11111$_{(2)}$'가 서식문자 '%x'를 통하여 16진수로 변환되어 출력된다.

아래 예제 5행에 chapter 1에서 학습하였던 변수가 등장하였다. 변수 역시 메모리에 저장된 데이터인데, 자세한 내용은 다음 chapter에서 자세히 다룰 예정이다.

- **변수명** : 확보한 메모리 공간에 'num'이라는 이름을 부여
- **자료형** : int를 통하여 컴퓨터 메모리상에서 4byte 메모리 공간을 확보
- **초기화** : 변수 'num'에 '123'을 저장하여 초기화

위에 변수 생성 과정을 통해서 메모리에 '123'이 저장되었다.

한편 6행에서 'printf' 함수를 통하여 메모리에 저장된 변수의 값을 출력하고 있다. 쉼표(,)를 기준으로 변수에 저장된 값을 큰 따옴표(" ")로 전달하는데, 이때 서식문자 '%d'를 사용하여 10진수 형태로 값이 출력되도록 하였다.

예제 3.6 PrintfTest6.c

```
1    #include <stdio.h>
2
3    int main(void)
4    {
5        int num=123;
6        printf("%d", num);
7        return 0;
8    }
```

▼ 결과

```
123
```

아래는 서식문자의 쓰임새를 확실히 이해하기 위하여 하나의 변수에 서식문자를 달리하여 출력형태를 확인하는 예제이다.

예제 3.7 PrintfTest7.c

```
1      #include <stdio.h>
2
3      int main(void)
4      {
5         int year=123;
6
7         printf("%d \n", year);
8         printf("%o \n", year);
9         printf("%x \n", year);
10
11        return 0;
12     }
```

소스코드 실행 결과는 아래 그림으로 대체한다. 5행에서 변수 'ycar'이 생성되면서 초깃값 '123'을 저장하였다. 실제로 해당 값은 2진수 '11111011(2)'로 변환하여 메모리에 저장된다. 이후 7, 8, 9행에서 각각 서식문자를 달리하여 변수 'year'에 저장된 값을 10진수, 8진수, 16진수 형태로 출력하고 있다.

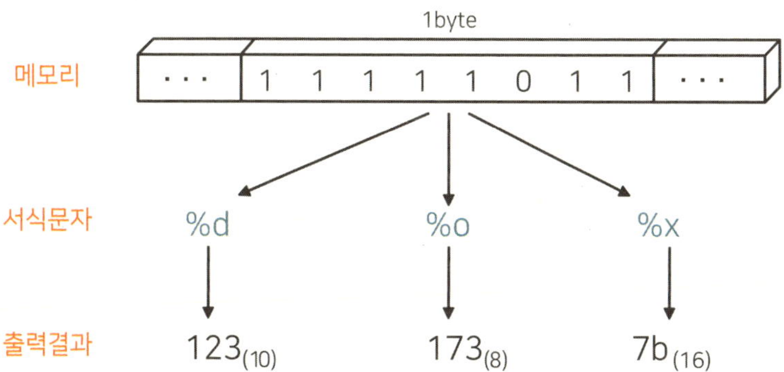

추가로 메모리에 저장된 데이터를 큰 따옴표(" ")내에 다른 문자열과 함께 출력할 수도 있다. 아래 예제 6행에서 'printf' 함수 형태가 앞서 살펴본 예제와 조금 다를 수 있으나, 그 기본 원리는 같다. 모든 출력하고자 하는 내용은 큰 따옴표(" ") 안에 위치하는 것을 잊지 말자.

예제 3.8 PrintfTest8.c

```
1    #include <stdio.h>
2
3    int main(void)
4    {
5        int year=2002;
6        printf("한일 %d 월드컵 ₩n", year);
7
8        return 0;
9    }
```

▼ 결과

```
한일 2002 월드컵
```

6행에서 서식문자가 문자열 중간에 위치하여, 변수에 저장된 데이터 값을 다른 문자열과 함께 출력하고 있음을 확인할 수 있다.

printf 함수의 마지막이다. 만약 출력하고자 하는 메모리 데이터가 여러 개일 경우는 어떻게 될까?

아래 예제를 실행시켜 보자.

예제 3.9 PrintfTest9.c

```
1    #include <stdio.h>
2
3    int main(void)
4    {
5       int num1=1, num2=3, num3=9;
6       printf("9의 약수는 %d, %d, %d이다.\n", num1, num2, num3);
7
8       return 0;
9    }
```

▼ 결과

```
9의 약수는 1, 3, 9이다.
```

5행에서 3개의 변수를 생성하면서 메모리에 데이터를 저장하였다.
6행에서 3개 변수에 저장된 데이터를 3개의 서식문자를 통하여 다른 문자열과 함께 출력하고 있나. 이때 3개의 변수는 '콤마'로 구별하며, 각 변수는 큰 따옴표(" ") 안에 차례로 위치한 서식문자에 따라 출력형태가 결정된다.

지금까지 'printf' 함수의 기능과 사용법을 학습해 보았다. 실제로 'printf' 함수는 앞으로 C언어를 학습하면서 다양한 용도로 사용되므로 완벽하게 이해될 때까지 반복하여 책의 내용을 정독하고 소스코드 예제를 다시 한번 실행해보도록 하자.

다음 section에서는 지금 살펴본 'printf' 함수와 반대 기능을 수행하는 표준 입력함수 'scanf'를 학습할 것이다.

scanf 함수

'scanf' 함수는 표준함수 중 키보드로부터 데이터를 입력받는 기능을 가진다. 아래 'scanf' 함수의 기본 포맷에서 확인할 수 있듯이 데이터를 입력받기 위해서는 입력된 데이터를 저장할 메모리 공간과 입력받는 데이터 형태를 지정해 주어야 한다.

- 변수 : 키보드로부터 입력받은 데이터가 저장되는 메모리 공간
- 서식문자 : 키보드로부터 입력받는 데이터의 입력형태를 지정

서식문자	형태	서식문자	형태
%d	10진수 정수	%x	16진수 정수
%f	10진수 실수	%c	문자
%o	8진수 정수	%s	문자열

여기서 'printf' 함수와 달리 한 가지 특이한 점은 'scanf' 함수를 통하여 데이터를 저장하기 위해서는 메모리 공간의 정확한 주소가 필요하다. 이를 위하여 메모리 주소를 나타내는 '&' 연산자를 추가하는데, '&' 기호를 통하여 메모리 주소에 접근하는 이유는 추후 설명하겠다.

요약하여 정리하면 'scanf' 함수를 통하여 데이터를 입력받는데, 입력받은 데이터의 형태는 서식문자를 통해 결정되며 이 데이터는 '&' 기호를 이용하여 변수가 위치한 메모리 공간 주소에 저장된다. 아래 예제를 통하여 직접 'scanf' 함수를 사용하여 보자.

예제 3.10 ScanfTest1.c

```
1      #include <stdio.h>
2
3      int main(void)
4      {
5         int year;
6         scanf("%d", &year);
7         printf("올해는 %d년 입니다.\n", year);
8
9         return 0;
10     }
```

▼ 결과

올해는 2030년 입니다.

소스코드를 실행하면 도스 실행 창(CMD)에 커서가 깜빡거릴 것이다. 바로 원하는 값을 입력하면 되는데 필자는 '2030'을 입력하였다.

먼저 소스코드가 어떻게 구성되어 있는지 살펴보자.

변수 선언(5행) → 키보드 데이터 입력(6행) → 모니터에 데이터 출력(7행)

5행에서 초기화 없이 4byte 메모리 공간을 차지하는 변수 'year'를 생성하였다.
6행에서 'scanf' 함수를 통해 키보드로부터 데이터를 입력받고 있다. 서식문자 '%d'를 이용하여 입력받은 데이터를 변수 'year'에 저장하였다.
7행에서 'printf' 함수를 통해 변수 'year'에 저장된 '2030'을 포함한 문자열을 출력하였다.

입력 데이터는 서식문자에 따라 8진수, 10진수 및 16진수 등 다양한 형태로 변수에 저장할 수 있다. 이해를 돕기 위해 추가 예제를 준비하였다.

▼ 예제 3.11 ScanfTest2.c

```
1    #include <stdio.h>
2
3    int main(void)
4    {
5        int num;
6        scanf("%o", &num);              // 8진수 형태로 입력
7        printf("%d \n", num);              // 10진수 형태로 출력
8
9        return 0;
10   }
```

▼ 결과

```
30
```

필자는 '36'을 입력하였다.

6행에서 'scanf' 함수를 통해 키보드로부터 데이터를 입력받고 있다. 여기서 눈여겨 볼 것은 입력받은 데이터는 서식문자 '%o'를 이용하여 8진수로 형태로 입력받고 있다는 것이다. 이때 입력받은 데이터는 변수 'num'에 저장되는데, 메모리 공간에 8진수 $36_{(8)}$ 값이 2진수 '$11110_{(2)}$'으로 변환되어 저장된다.

이어서 7행에서 'printf' 함수를 통하여 변수 'num'에 저장된 값을 10진수 형태로 출력하고 있다.

위 예제의 소스코드 실행 과정을 그림으로 정리하였으니, 지금까지 학습하였
던 표준 입출력함수와 서식문자 개념을 확실히 정리해두자.

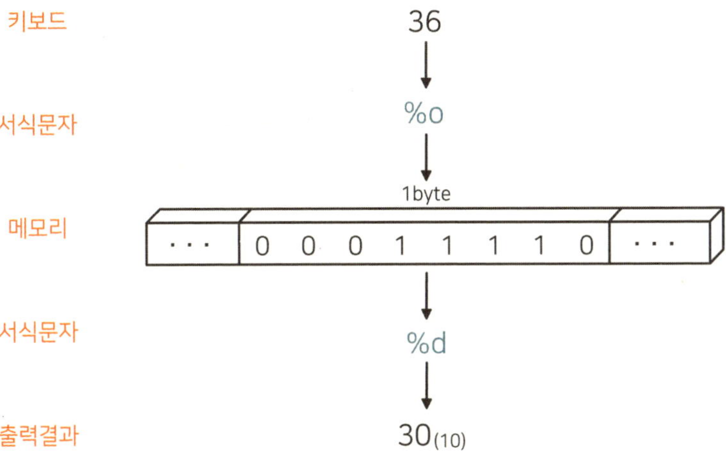

'scanf' 함수 예제의 마지막이다.
만약 여러 개의 변수를 입력할 경우 어떻게 될까?

'scanf' 함수의 구성 방식은 입력되는 변수 개수에 상관없이 같다. 다만, 입력
변수가 여러 개일 경우에는 아래저럼 서식문자 사이를 '공백'으로 구분하며,
입력받은 변수는 '콤마'로 구별한다.

```
1    #include <stdio.h>
2
3    int main(void)
4    {
5      int num1, num2, num3;          // 3개의 변수 생성
6      scanf("%d %d %d", &num1, &num2, &num3); //3개의 데이터 입력
7      printf("작년: %d, 올해: %d, 내년: %d\n", num1, num2, num3);
8
9      return 0;
10   }
```

▼ 결과

```
작년: 2029, 올해: 2030, 내년: 2031
```

5행에서 int형 변수 3개를 각각 생성하였다.

6행에서 'scanf' 함수를 통해 키보드로부터 3개의 데이터를 입력받아 5행에서 생성한 변수에 저장한다. 필자는 '2029', '2030', '2031'를 입력하였는데, 입력한 데이터의 구분은 공백과 관련 있는 스페이스 바, 엔터(enter), 탭(tab) 키를 이용한다.

7행에서 'printf' 함수를 통해 입력한 3개의 데이터가 출력되었음을 확인해 볼 수 있다.

변수

변수

이번 chapter에서는 앞서 지속해서 등장하였던 변수에 대하여 세부적으로 학습해보려고 한다. 특히 변수의 기능뿐만 아니라 변수가 가지고 있는 몇 가지 규칙을 함께 다루어 볼 예정이다.

변수의 정의

변수란 데이터가 저장되는 메모리 공간에 사용자가 직접 부여한 이름으로, 변수를 통하여 컴퓨터 메모리에 더욱 쉽게 접근할 수 있게 한다.
아래는 변수를 선언하는 과정을 나타내고 있다.

- 변수명: 사용자는 메모리 공간에 이름을 부여한다.
- 자료형: 변수에 저장할 데이터가 몇 byte 크기를 필요로 하는지 지정해 준다.
  - 데이터 크기에 따라 알맞은 자료형을 선택하며, 자료형에 따라 메모리 공간을 확보

자료형	크기	자료형	크기
char	1 byte	int	4 byte
short	2 byte	double	8 byte

이어서 변수의 선언과 동시에 메모리에 데이터를 저장할 수 있다. 이를 '초기화'라고 한다.

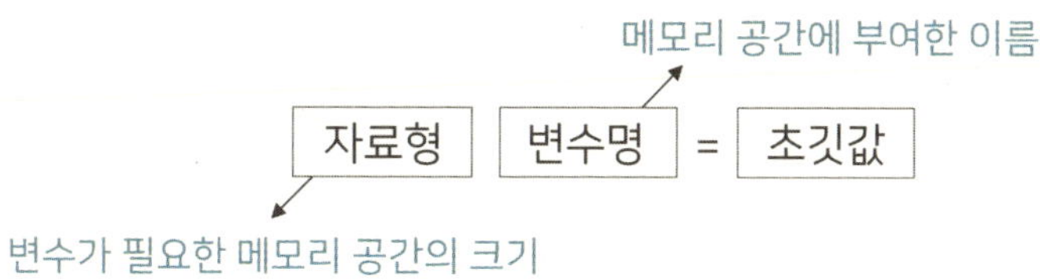

• 초기화 : 변수의 선언과 동시에 변수에 데이터를 저장한다.

변수에 데이터를 저장하는 것은 반드시 초기화 때 이루어져야 하는 것은 아
니며, 소스코드 중간에서도 변수에 데이터를 저장할 수 있다.변수의 선언과
초기화 단계에 따른 메모리 모습을 아래 정리하였다.
변수를 선언하면 비어있는 메모리 공간을 찾아 데이터를 저장할 수 있는 공
간을 확보한다. 이때 확보한 메모리 공간에는 아래 그림과 같이 아무런 데이
터가 저장되어 있지 않다.

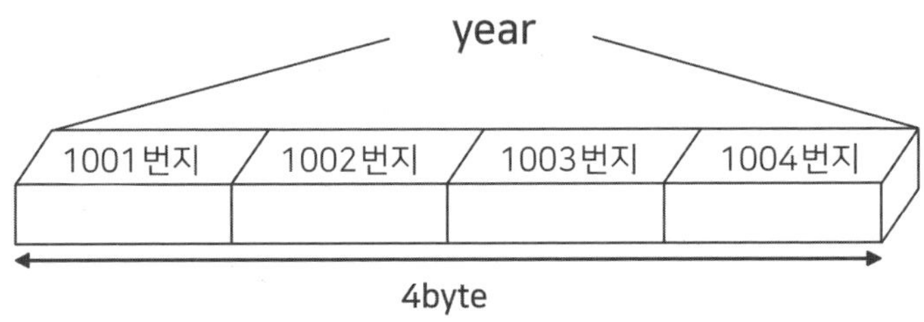

아래는 변수에 데이터를 저장하지 않고 선언만 한 상태에서 'printf' 함수를 통
해 변수에 저장된 값을 출력하려고 시도했을 때 어떠한 결과를 보이는지 확
인하는 예제이다.

예제 4.1 VarTest1.c

```
1     #include <stdio.h>

2

3     int main(void)

4     {

5         int num1;                    // 변수 선언

6         int num2 = 123;              // 변수 선언 및 초기화

7

8         printf("num1 : %d \n", num1);

9         printf("num2 : %d \n", num2);

10

11        return 0;

12    }
```

▼ 결과

```
num1 : -858993460
num2 : 123
```

5행에서 변수 'num1'을 선언만 하였다.
6행에서 변수 'num2'를 선언과 동시에 데이터를 저장하여 초기화하였다.
이어서 8행과 9행에서 각 변수에 저장된 데이터를 출력하고 있다.

8행의 결과에서 확인할 수 있듯이 초기화하지 않는 변수에는 아무런 의미가
없는 값(null)이 출력된다.

이와 달리 9행의 결과에서 확인할 수 있듯이 데이터를 저장한 변수는 정상적
으로 출력되었다.
소스코드 실행 중에 다음의 'Debug Error' 창이 나타나면서 'num1'이 초기화
되지 않았다고 메시지가 등장하면, '무시(I)' 버튼을 클릭한다.

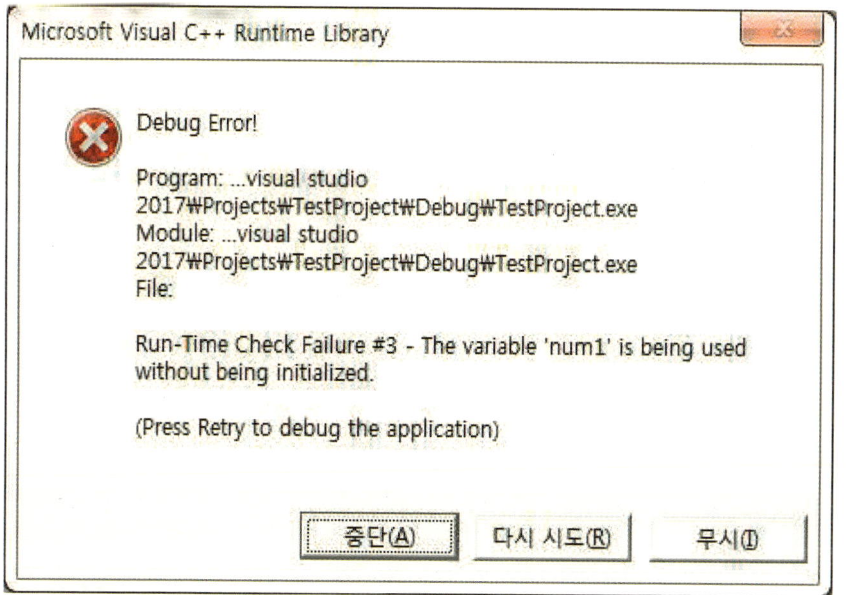

한편, 변수 선언과 동시에 초깃값을 설정할 수도 있으며, 필요에 따라서는 소스코드 중간에 데이터를 저장할 수도 있다. 또한, 저장된 데이터를 언제든 변경할 수 있다. 이때 메모리 공간에 데이터가 저장된 모습을 아래 그림에 나타내었다.

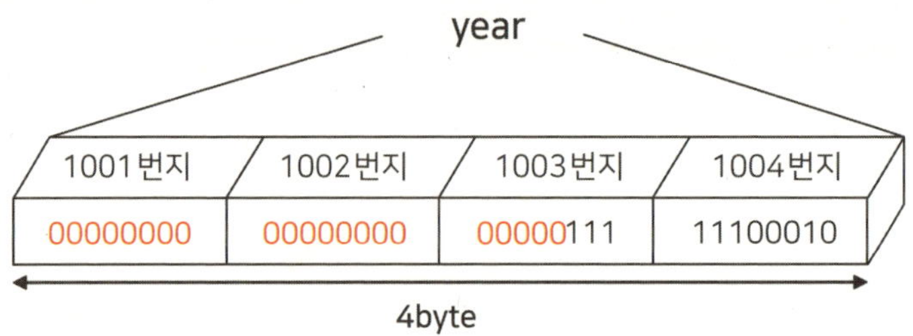

아래 예제를 통하여 변수에 저장된 데이터가 변경되는 것을 확인해보자.

예제 4.2 VarTest2.c

```
1       #include <stdio.h>
2
3       int main(void)
4       {
5          int num = 123;
6          printf("초기 num : %d \n",num);
7
8          num = 456;
9          printf("변경 num : %d \n", num);
10
11         return 0;
12      }
```

▼ 결과

```
초기 num : 123
변경 num : 456
```

5행에서 변수 'num'를 선언과 동시에 데이터를 저장하여 초기화하였다. 이어서 6행에서 변수에 저장된 데이터가 초기화한 값 그대로 출력되고 있다.

이번 예제에서 눈여겨볼 부분이 바로 8행이다. 초기화 값 '123'을 '456'으로 변경하여 저장한 것이다. 데이터의 변경이 정상적으로 이루어졌는지 9행의 출력 결과를 통하여 확인할 수 있다.

변수는 할당받은 메모리 공간 안에서 저장된 데이터의 변경이 가능함을 잊지 말자.

다음에 소개할 내용은 변수 이름을 명명하는 규칙이다. 암기할 필요 없다. 필요할 때마다 아래 규칙을 참고하면 되고 시간이 지나면 자연스럽게 습득하게 된다.

- 알파벳, 숫자, 언더 바(_)로 구성
- 알파벳의 대소문자를 구분
- 변수 이름의 첫 번째 단어는 알파벳이나 언더 바(_)이어야 한다.
- C언어에서 미리 정의된 키워드는 사용 불가
- 변수 이름에 공백은 불가능

자료형과 서식문자

앞서 언급하였지만, 자료형은 데이터를 메모리 공간에 저장하는 데 필요한 byte 크기를 정해준다. 자료형을 선택할 때 정해진 규칙은 없으나 불필요한 메모리 자원의 낭비가 발생하지 않도록 선택하면 된다. 아래 표에 자료형의 종류와 표현 가능한 값의 범위를 정리하였다.

구분	자료형	크기	표현 범위
정수형	char	1 byte	-128 ~ +127
	short	2 byte	-32,768 ~ +32,797
	int	4 byte	-2,147,483,648 ~ +2,147,483,647
	long	4 byte	-2,147,483,648 ~ +2,147,483,647
	long long	8 byte	9,223,372,036,854,775,808~ +9,223,372,036,854,775,807
실수형	float	4 byte	$-3.4×10^{37}$ ~ $3.4×^{-38}$
	double	8 byte	$-1.79×10^{307}$ ~ $1.79×10^{308}$
	long double	8 byte 이상	double 형 이상 표현

자료형과 더불어 입출력 형태를 지정하기 위해 사용되는 서식문자를 다음 표에 정리하였다.

표준 출력함수 'printf'와 표준 입력함수 'scanf'를 학습하면서 한 차례 언급한 내용이다.

2진수로 이루어진 데이터를 모니터로 출력하기 위해서는 원하는 출력형태를 지정해 주어야 하며, 키보드로부터 입력받은 데이터의 형태를 서식문자를 통해 지정해 주어야 한다.

서식문자	입출력 형태	서식문자	입출력 형태
%d	10진수 정수	%c	문자
%f, %lf	10진수 실수 (출력, 입력)	%s	문자열
%o	8진수 정수	%p	주소값(출력)
%x	16진수 정수	%e	지수형태 실수 (e 표기법)

자료형과 서식문자의 이해를 돕기 위해 아래 두 가지 예제를 준비하였다.

예제 4.3 VarTest3.c

```
1    #include <stdio.h>
2
3    int main(void)
4    {
5        int iType = 100;                     // 4byte 정수형 자료형
6        double dType = 3.14;                 // 8byte 실수형 자료형
7
8        printf("10진수 정수 : %d \n", iType);      // 10진수 정수 출력
9        printf("10진수 실수 : %f \n", dType);      // 10진수 실수 출력
10
11       return 0;
12   }
```

▼ 결과

```
10진수 정수 : 100
10진수 실수 : 3.140000
```

5행에서 정수형 데이터를 저장하도록 'int'로 선언한 변수에 정수 '100'을 저장하였다.

6행에서 실수형 데이터를 저장하도록 'double'로 선언한 변수에 실수 '3.14'를 저장하였다.

8행에서 변수 'iType'에 저장된 데이터를 10진수 정수 형태로 출력하였다.

9행에서 변수 'dType'에 저장된 데이터를 10진수 실수 형태로 출력하였다.

예제 4.4 VarTest4.c

```
1       #include <stdio.h>
2
3       int main(void)
4       {
5           int iType;                          // 4byte 정수형 자료형
6           double dType;                       // 8byte 실수형 자료형
7
8           scanf("%d", &iType);                // 10진수 정수 입력
9           scanf("%lf", &dType);               // 10진수 실수 입력
10
11          printf("10진수 정수 : %d \n", iType);     // 10진수 정수 출력
12          printf("10진수 실수 : %f \n", dType);     // 10진수 실수 출력
13
14          return 0;
15      }
```

▼ 결과

```
10진수 정수 : 100
10진수 실수 : 5.250000
```

5행에서 정수형 데이터를 저장하도록 'int'형 변수를 생성하였다

6행에서 실수형 데이터를 저장하도록 'double'형 변수를 생성하였다.

8행에서 10진수 정수 형태로 입력받는 데이터를 변수 'iType'에 저장하였다. (100 입력)

9행에서 10진수 실수 형태로 입력받는 데이터를 변수 'dType'에 저장하였다. (5.25 입력)

11행, 12행에서 각 변수에 저장된 데이터를 출력하고 있다.

위에서 다룬 예제 이외에도 앞으로 C언어를 학습하면서 다양한 자료형과 서식문자를 접하게 될 것이다. 자료형과 서식문자의 기본 원리를 생각하면서 적절히 선별하여 사용하자.

상수

앞서 변수에 저장되는 데이터는 소스코드 내에서 얼마든지 변경할 수 있다고 학습하였다.

C언어에서는 메모리에 데이터를 저장하기 위해서 '변수' 이외에 '상수'라는 이름으로 저장 공간을 제공하고 있다. 이 상수는 변수와 비교하여 메모리에 데이터를 저장하는 것은 같나 프로그램이 실행되는 동안 값의 변경이 불가능하다는 차이가 있다.

C언어에서 상수는 이름의 존재 여부에 따라서 2가지 형태로 존재한다.

첫 번째 상수 형태는 이름이 있는 심볼릭(Symbolic) 상수이다.

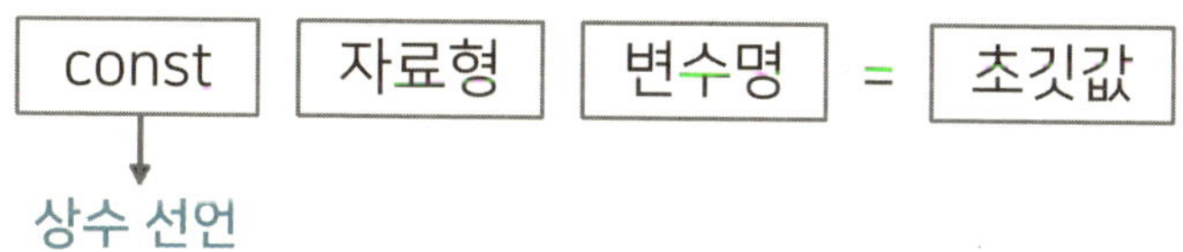

상수를 생성하는 방법 중 가장 대표적인 방법은 변수 생성 시 맨 앞에 'const' 키워드를 추가하는 것이다.

'const' 키워드를 추가하면 최초 초기화한 값 이외에 데이터 변경이 불가능해 지는데, 다음 2개 예제를 통하여 이를 확인해보자.

예제 4.5 ConstTest1.c

```
1    #include <stdio.h>
2
3    int main(void)
4    {
5        const int CON_NUM = 1004;          // const 키워드로 상수 선언
6        printf("num : %d \n", CON_NUM);
7
8        return 0;
9    }
```

▼ 결과

```
1004
```

상수 역시 일반 변수와 같이 'printf' 함수를 통하여 출력할 수 있다.
만약 상수의 데이터 변경 시도가 없으면 소스코드는 정상적으로 실행되지만,
아래 예제 8행에서처럼 상수화 된 데이터의 변경 시도 시 오류가 발생한다.

예제 4.6 ConstTest2.c

```
1    #include <stdio.h>
2
3    int main(void)
4    {
5        const int CON_NUM = 1004;          // const 키워드로 상수 선언
6        printf("num : %d \n", CON_NUM);
7
8        CON_NUM = 1000;                    // 상수 데이터 변경 시도
9        printf("num : %d \n", CON_NUM);
10
11       return 0;
12   }
```

두 번째 상수 형태는 이름이 없는 '리터럴(literal) 상수' 이다. 바로 예제를 실행시켜 보자.

예제 4.7 ConstTest3.c

```
1    #include <stdio.h>
2
3    int main(void)
4    {
5        int num = 1000+4;
6        printf("num : %d \n", num);
7
8        return 0;
9    }
```

▼ 결과

```
1004
```

소스코드를 살펴보면 5행에서 변수 'num'을 생성하였고, 이어서, 저장된 데이터를 출력하는 간단한 소스코드로 이루어져 있다.

그런데, 이번 예제에서 한 가지 주목할 것은 변수를 초기화하는 방식이다.

$$int\ num = 1000+4;$$

변수를 초기화하는 형태가 그동안 사용했던 방식과는 조금 다르다. 변수 'num'에 '1000'과 '4'의 합인 '1004'를 대입하고 있다. 두 수의 연산을 통하여 '1004'가 만들어졌고 이 결괏값은 메모리 어디엔가 저장되게 된다.

'1000', '4', '1004'와 같이 메모리 공간에 이름 없이 존재하며, 메모리 공간에 접근하여 값의 변경이 불가능한 데이터를 '리터럴(literal) 상수'라고 한다.

연산자

기본 연산 | C언어에서는 데이터의 기본 연산 기능을 제공하는데, 연산에 사용되는 기호는 아래 표와 같이 실생활에서 사용하는 연산 기호와 유사하다.

기능	대입	덧셈	뺄셈	곱셈	나눗셈	나머지
연산자 기호	=	+	-	*	/	%

아래 예제는 데이터를 저장한 변수들이 기본 연산을 수행한 소스코드이다.

예제 4.8 OprTest1.c

```
1    #include <stdio.h>
2
3    int main(void)
4    {
5       int num1=7, num2=5 ;
6       int result = num1 + num2;
7
8       printf("7과 5의 합은 %d입니다.\n", result);
9       printf("7과 5의 곱은 %d입니다.\n", num1*num2);
10      return 0;
11   }
```

▼ 결과

```
7과 5의 합은 12입니다.
7과 5의 곱은 35입니다.
```

5행에서 변수 'num1', 'num2'에 '7'과 '5'를 저장하였다.
6행에서 변수 'result'를 선언한 후 'num1'과 'num2'의 합으로 초기화하였다.
이때 'num1'과 'num2'의 합 '12'를 'result'에 대입하여 초기화하고 있다.

8행에서 'printf' 함수를 통하여 변수 'result'에 저장된 값을 모니터에 출력한다.
9행에서는 'num1'과 'num2'의 곱을 모니터에 출력하였다.

나머지 기본 연산 기호의 동작은 직접 소스코드를 작성하여 확인해보자.

복합 연산 | 한편 C언어에서는 복합 대입 연산 기능도 제공한다.
이는 두 변수의 연산 결과를 하나의 변수에 다시 저장할 때 사용되며, 복합 대입 연산자 기호와 의미는 다음 표와 같다.

복합대입 연산자	의미	기능
a += b	a = a + b	a와 b의 합을 a에 저장
a -= b	a = a - b	a와 b의 차을 a에 저장
a *= b	a = a * b	a와 b의 곱을 a에 저장
a /= b	a = a / b	a에서 b를 나눈 결과를 a에 저장
a %= b	a = a % b	a에서 b를 나눈 나머지를 a에 저장

※ a의 값은 복합 대입 연산의 결과로 변경되지만, b의 값은 변동 없다.

예제 4.9 OprTest2.c

```
1    #include <stdio.h>
2
3    int main(void)
4    {
5        int num1=7, num2=5;
6        int num3=8, num4=5;
7
8        num1+=num2;                    // num1 = num1+num2
9        printf("num1 : %d \n", num1);
10
11       num3*=num4;                    // num3 = num3*num4
12       printf("num3 : %d \n", num3);
13       return 0;
14   }
```

▼ 결과

```
num1 : 12
num3 : 40
```

위 예제 5행과 6행에서 변수를 선언과 동시에 초기화하였다.
'num1'과 'num3'에 저장된 초깃값이 8행과 11행의 복합 대입 연산 수행을 통해서 어떻게 변하였는지 주목하자.

8행에서 복합 대입 연산자를 이용하여 'num1 + num2' 한 결과를 'num1'에 저장하였다.
11행에서 복합 대입 연산자를 이용하여 'num3 × num4' 한 결과를 'num3'에 저장하였다.

복합 대입 연산의 결과 'num1'과 'num3'의 값이 변경되었음을 확인할 수 있는 예제이다.

증가/감소 연산 | 앞으로 코딩을 하다 보면 변수에 저장된 값을 오직 '1' 만큼 증가하거나 감소시켜야 하는 경우가 종종 발생한다. 이를 위하여 C언어에서는 증가/감소 연산자를 통하여 간단히 값의 증감이 이루어질 수 있도록 기능을 제공하고 있다. 한 가지 주의할 점은 연산자의 위치에 따라 전위/후위로 구분할 수 있는데 이때 소스코드가 동작하는 과정을 주의 깊게 살펴보자.

증가연산자

구분	연산기호	기능
전위	++변수	변수에 '1'부터 우선 증가
후위	변수++	연산자가 위치한 행에 명령을 모두 처리한 후 변수 '1'을 증가

감소연산자

구분	연산기호	기능
전위	--변수	변수에 '1'부터 우선 감소
후위	변수--	연산자가 위치한행에 명령을 모두 처리한 후 변수 '1'을 감소

예제 4.10 OprTest3.c

```c
1    #include <stdio.h>
2
3    int main(void)
4    {
5        int num1=10, num2=10;
6
7        printf("num1=%d, num2=%d \n", ++num1, num2++);
8        printf("num1=%d, num2=%d \n", num1, num2);
9
10       return 0;
11   }
```

▼ 결과

```
num1=11, num2=10
num1=11, num2=11
```

5행에서 변수 'num1'과 'num2'에 동일하게 '10'을 저장하였다.
7행에서 'num1'은 전위 증가연산자, 'num2'는 후위 증가연산자를 통하여 값을 증가하고 있다.
이와 동시에 'printf' 함수를 통하여 'num1', 'num2'에 저장된 값을 출력하고 있다.

결과에서 확인할 수 있듯이 전위 증가연산자가 사용된 'num1'은 행이 시작되자마자 저장된 값에서 '1'이 증가하였다.

한편 후위 증가연산자가 사용된 'num2'는 행의 다른 명령이 실행되고 난 후에야 '1'이 증가하였다.
7행의 출력 값을 통하여 전위/후위 연산에 따라 동작하는 시점의 차이를 이해하도록 하자.
아래 예제는 감소연산자를 수행한 소스코드이며, 전위/후위 연산에 따른 실행결과의 차이를 확인해보자.

예제 4.11 OprTest4.c

```
1      #include <stdio.h>
2
3      int main(void)
4      {
5          int num1=10, num2=10;
6
7          printf("num1=%d, num2=%d \n", --num1, num2--);
8          printf("num1=%d, num2=%d \n", num1, num2);
9
10         return 0;
11     }
```

▼ 결과

```
num1=9, num2=10
num1=9, num2=9
```

5행에서 변수 'num1'과 'num2'에 동일하게 '10'을 저장하였다.

7행에서 'num1'은 전위 감소연산자, 'num2'는 후위 감소연산자를 통하여 값을 감소하고 있다.

이와 동시에 'printf' 함수를 통하여 'num1', 'num2'에 저장된 값을 출력하고 있다.

결과에서 확인할 수 있듯이 전위 감소연산자가 사용된 'num1'은 행이 시작되자마자 저장된 값에서 '1'이 감소하였다.

한편 후위 증가연산자가 사용된 'num2'는 행의 다른 명령이 실행되고 난 후에야 '1'이 감소하였다.

C언어를 처음 학습하는 대부분 독자는 증가/감소 연산자를 처음 접하였을 것이다. 생소한 연산기호가 등장하였으나 어렵지 않은 개념이다.

앞으로 코딩을 하면서 증가/감소 연산자는 유용하게 활용되는데, 특히 뒤에서 학습할 반복문에서 중요한 요소로 작용한다.

관계 연산자 | 이제부터 살펴볼 관계 연산자는 값이 대소와 동등 여부를 비교하여 판단한다. 이때 비교 결과가 참이면 '1', 거짓이면 '0'을 반환한다.

관계 연산자	의미	기능	
		참	거짓
A < B	A가 B보다 작은가?	1	0
A > B	A가 B보다 큰가?	1	0
A == B	A와 B가 같은가?	1	0
A != B	A와 B가 같지 않은가?	1	0
A <= B	A가 B보다 같거나 작은가?	1	0
A >= B	A가 B보다 같거나 큰가?	1	0

다음 예제를 통하여 관계 연산자의 의미와 결과를 확인해보자.

예제 4.12 OprTest5.c

```
1     #include <stdio.h>
2
3     int main(void)
4     {
5         int num1=10, num2=5;          // 변수 선언 및 초기화
6         int result;
7
8         result = (num1 < num2);       // num1이 num2보다 작은가?
9         printf("result : %d \n", result);
10
11        return 0;
12    }
```

▼ 결과

```
result : 0
```

5행에서 변수 'num1'과 'num2'에 '10'과 '5'를 저장하였다.
6행에서 변수 'result'를 선언하였다.

이번 예제에서 가장 중요한 8행이다. 'num1'과 'num2'의 관계 연산 결과를 'result'에 저장하고 있다. 'num1'와 'num2'의 크기를 비교하는 관계 연산 결과 '거짓'으로 판단되었기에 '0'을 반환하였다.

sizeof 연산자 | C언어에서는 생성된 변수가 메모리 공간에서 얼마만큼 크기를 차지하는지 알려주는 연산자가 존재한다. 바로 sizeof() 연산자인데, 소괄호 안에는 변수뿐만 아니라 자료형이 직접 위치할 수도 있다.
아래 예제를 통하여 sizeof 연산의 결과를 확인해보자.

예제 4.13 OprTest6.c

```
1     #include <stdio.h>
2
3     int main(void)
4     {
```

```c
5        int iType = 100;                    // 4byte 정수형 자료형
6        double dType = 3.14;                // 8byte 실수형 자료형
7
8        printf("iType 크기: %d바이트 \n", sizeof(iType));     // 변수 크기 출력
9        printf("dType 크기: %d바이트 \n", sizeof(dType));    // 변수 크기 출력
10
11        printf("int형 크기: %d바이트 \n", sizeof(int));      // 자료형 크기 출력
12        printf("double형 크기: %d바이트 \n", sizeof(double));  // 자료형 크기 출력
13
14        return 0;
15    }
```

▼ 결과

```
iType 크기: 4바이트
dType 크기: 8바이트
int형 크기: 4바이트
double형 크기: 8바이트
```

5행과 6행에서 각각 int형 변수의 double형 변수를 생성하였다.
이어서 8행과 9행에서 각 변수의 크기를 sizeof 연산자를 통해 출력하고 있다.
참고로 변수의 크기는 변수 선언 시 사용된 자료형에 의해 결정된다는 것을
잊지 말자.

한편 11행과 12행에서는 자료형 자체의 크기를 sizeof 연산자를 통해 출력하
였다. 소괄호 안에 자료형을 직접 입력하여 자료형 크기를 확인할 수 있다.

& 연산자 | 마지막으로 소개할 '&' 연산자는 연산의 결과로 데이터가 저장된
메모리 주소를 반환한다. '&' 연산자는 앞으로도 계속해서 활용될 예정인데,
실제로 어떻게 주솟값을 반환하는지 소스코드를 실행시켜 보자. 참고로 메모
리 주솟값을 출력하기 위해서 서식문자 '%p'를 활용하였다.

예제 4.14 OprTest7.c

```
1     #include <stdio.h>
2
3     int main(void)
4     {
5         char cType = 5;
6         int iType = 25;
7         double dType = 99.99;
8
9         printf("cType 주솟값 : %p \n", &cType);     // 변수 cType 주솟값 반환
10        printf("iType 주솟값 : %p \n", &iType);     // 변수 iType 주솟값 반환
11        printf("dType 주솟값 : %p \n", &dType);    // 변수 dType 주솟값 반환
12
13        return 0;
14    }
```

▼ 결과

```
cType 주솟값 : 001DFEE7
iType 주솟값 : 001DFED8
dType 주솟값 : 001DFEC8
```

5행, 6행, 7행에서 각기 다른 자료형 변수 3개를 생성하였다.
이어서 9행, 10행, 11행에서 & 연산자를 통하여 각 변수가 저장된 메모리 공간의 시작 주소를 출력하고 있다. 코딩이 이루어지는 컴퓨터 환경에 따라 메모리 주소가 다를 수 있다.

지금까지 우리는 C언어의 기본이 되는 문법과 기능들을 살펴보았다. 물론 더욱 어렵고 심도 있는 부분이 존재하지만, 지금까지 배운 내용으로 기본 원리를 충분히 다루었으며, 이를 통하여 심화 내용도 이해할 수 있는 밑거름을 마련하였다.

이제부터 학습할 chapter들은 한 단계 높은 수준의 이해도를 요구하는 내용이 포함되어 있다. 따라서 그동안 배운 내용을 정리 차원에서 한 차례 복습한 후 다음 chapter를 학습하기를 권장한다.

인물 열전

급변하는 시대이다. 전 세계적으로 하루가 멀다고 스타트업(Startup) 기업이 탄생하고 있으며, 그들이 보유한 신기술과 혁신적인 아이디어로 새로운 비즈니스 모델을 창출하고 있다.

이번 인물 열전에서 소개할 사람은 많은 스타트업 기업들의 존경을 받고 있으며, 현재 ICT 분야에서 가장 뜨거운 관심을 받는 '엘론 머스크'이다.

국내에서 영화 아이언맨의 실제 모델로 잘 알려져 있으며, 우주 항공회사 스페이스엑스(SpaceX), 전기차 업체 테슬라(Tesla), 태양광발전회사 솔라시티(SolarCity)의 CEO이기도 하다.

솔라시티(SolarCity)는 기존의 화석연료를 대체하기 위하여 태양광이라는 청정 재생 에너지를 활용하여 전력을 생산하는 프로젝트를 진행하고 있다.

테슬라(Tesla)에서 생산하는 전기차는 휘발유와 디젤을 동력으로 주행하는 일반 자동차와 달리 전기를 동력원으로 공급하기 때문에 탄소 배출이 적고 연비가 우수하다. 최근에 국내에서도 시판되었으며 점차 판매량을 늘려가는

추세이다. 또한, 자동주행 모드를 통하여 무인 자동차 세상으로 거듭나기 위한 위대한 발자취를 남기고 있다.

스페이스엑스(SpaceX)는 정부 기관 주도의 우주 항공 산업에서 민간 기업임에도 불구하고 우주 항공 산업의 패러다임을 뒤흔들고 있다. 로켓의 재활용을 통하여 발사 비용을 절감하는 방식을 도입하였으며, 국제우주정거장에 화물을 수송하는 우주 화물선을 운행하고 있다.

이미 ICT를 초월하여 전 산업 분야에 막대한 영향력을 발휘하고 있는 그는 이제 새로운 프로젝트를 준비하고 있다. 바로 화성 이주 계획이다.

2022년 화성에 인류를 보내기 위하여 그의 생각의 담긴 인터뷰 일부를 발췌하였다.

"It would be great to be born on Earth, die on Mars"
("지구에서 태어나, 화성에서 죽는 것도 멋있을 것 같군요.")

아직은 실감 나지 않지만 2022년까지 얼마 남지 않았다. 이번에도 말도 안 되는 성공을 일구어낼지 벌써 기대가 된다.

조건문

조건문

이번 chapter에서 학습할 '조건'은 일상생활에서뿐만 아니라 코딩을 하면서도 흔히 사용하며 판단의 기준이 되는 개념이다. 분명 처음 조건문을 학습하고 이해하는데 쉽지 않겠지만 조건문의 동작 원리를 확실히 이해하게 된다면 논리적으로 생각하는 힘을 한 단계 끌어올릴 수 있을 것이다.

조건문의 배경

C언어에서 조건문이 어떻게 활용될 수 있는지 한 예를 준비하였다. 점수를 입력하면 조건에 맞는 등급을 출력하는 '성적처리' 프로그램을 작성하려고 한다.

이 프로그램의 동작 과정은 3단계로 구분할 수 있는데 단계별 세부 절차는 아래와 같다.

① 선생님이 채점한 시험 결과를 성적처리 프로그램에 **입력**한다.
② 프로그램에서 입력한 데이터에 따라서 등급을 구분하기 위해 조건문이 동작한다.
③ 조건에 만족하는 등급 결과를 **출력**한다.

①, ③번 단계에서 표준 입출력함수(printf, scanf)를 떠올릴 수 있을 것이다. 이어서 '성적처리 프로그램'의 핵심이 되는 ②번 단계에서는 조건에 따라서 등급을 구분해주는 역할을 담당한다. 즉 점수에 따라 6가지 조건을 설정하고 입력된 데이터가 6가지 조건 중 어느 조건을 만족하는지 검사한 후 해당 조건에 맞는 등급을 정한다.

이렇게 C언어에서는 조건을 설정하고 조건의 만족 여부에 따라 정해진 명령이 실행되는 조건문이 존재한다.

먼저 대표적인 조건문인 if 조건문이 어떻게 구성되는지 살펴보자.

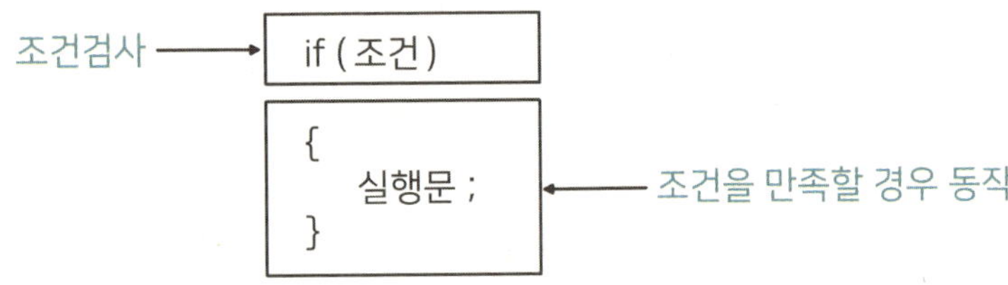

if 조건문은 '조건검사'와 '실행문' 부분으로 구성되어 있다.

- 조건검사 : if문과 괄호( ) 안에 조건이 위치하며 해당 조건을
  만족하는지 검사
- 실행문 : 조건을 만족할 경우 중괄호{ } 안에 위치한 실행문이 동작

  만약, 조건을 만족하지 않는 경우 중괄호{ } 안에 실행문이 동작하지 않은 채 다음 문장으로 건너뛴다. 한편 중괄호{ } 안에 실행문이 하나만 존재한다면 중괄호는 생략할 수 있다.

백 번 글을 읽는 것보다 직접 소스코드를 작성하는 것이 이해하는데 훨씬 도움이 된다.

아래는 입력한 값이 홀수 인지 짝수인지를 판별하는 프로그램으로 조건문의 동작 원리를 이해하기 위한 기본 예제이다.

```c
1     #include <stdio.h>
2
3     int main(void)
4     {
5         int num;
6         printf("자연수 입력 : ");                    // 자연수 입력
7         scanf("%d", &num);
8
9         if(num % 2 == 1)                          // 짝수 조건 검사
10        {
11            printf("입력한 %d은 홀수입니다.\n",num);
12        }
13
14        if(num % 2 == 0)                          // 홀수 조건 검사
15        {
16            printf("입력한 %d은 짝수입니다.\n",num);
17        }
18
19        return 0;
20    }
```

▼ 결과

```
자연수 입력 : 7
입력한 7은 홀수입니다.
```

7행에서 자연수를 입력받아 변수 'num'에 저장한다. 필자는 '7'을 입력하였다.

9행에서 'num'에 저장된 '7'을 '2'로 나눈 나머지가 1인지를 검사한다. '7'을 '2'로 나눈 나머지가 '1'로 조건을 만족하기 때문에 실행문인 10행이 동작한다.

12행에서 'num'에 저장된 '7'을 '2'로 나눈 나머지가 0인지를 검사한다. '7'을 '2'로 나눈 나머지가 '1'이므로 조건을 만족하지 않기 때문에 실행문인 13행을 건너뛴다.

조건문의 동작 원리가 눈에 들어오는가? 아래는 이해를 돕기 위해 if 조건문의 동작 과정을 도식화하였다.

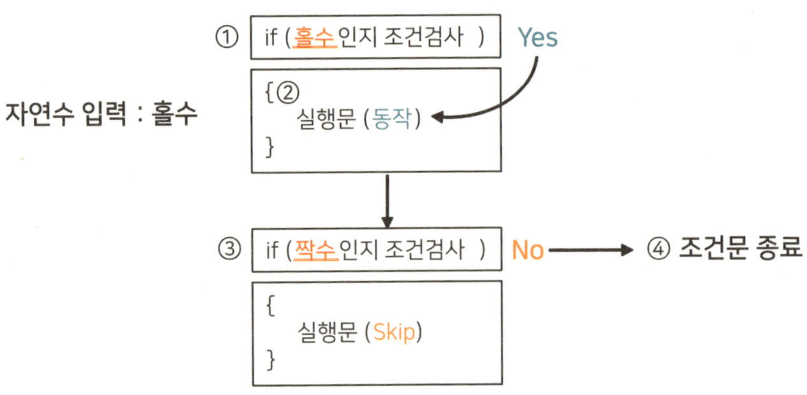

아래 그림은 입력된 데이터가 짝수일 때 조건문의 동작 과정을 도식화하였다. 도입부에서 한 차례 강조한 내용으로 조건문은 조건을 만족할 경우에만 실행문이 동작한다는 것을 반드시 기억하자.

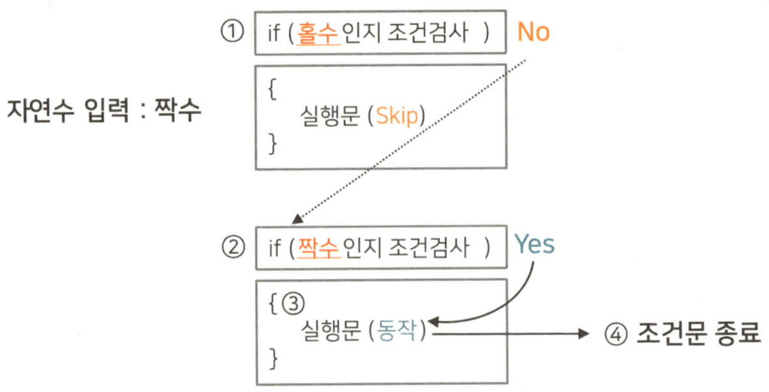

if, else 조건문

C언어에서는 조건문의 효율적인 사용을 위해 if, else조건문을 제공하고 있다.

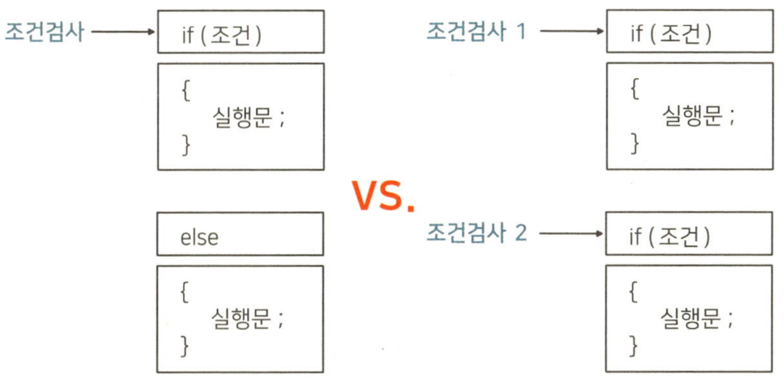

if, else 조건문은 앞서 학습한 if 조건문과 어떻게 다르고, 왜 필요한지부터 알아보자.

if, else 조선문은 두 가시 소선 중 오식 하나의 소선만 만족하는 경우. 즉, 하나의 조건을 만족한다면 다른 하나의 조건은 불만족인 경우에 사용된다. 이에 따라 else 문에는 별도의 조건검사가 위치하지 않는다. 어차피 else문의 조건은 if 문 조건의 나머지 경우이기 때문에 별도로 조건검사가 위치할 필요가 없다.

실제로 if, else 조건문은 if 문에 조건검사를 만족한다면 else 문은 실행하지 않는다. 두 가지 조건 중 하나만 만족하기 때문에 처음의 조건을 만족하였다면 다음 조건을 검사할 필요가 없어진다.
만약 if 조건문을 사용하였다면 if 문에 '조건검사1'을 만족하였어도, 다음 if

문에 '조건검사2'가 실행된다는 차이가 있다.

다시 if, else 조건문으로 넘어가자. if 문에 조건검사를 만족하지 않는다면 자동으로 else 문의 실행문이 동작한다. 참고로 else문이 동작하는 경우에는 오른쪽 그림에 if 문으로 구성된 조건문과 같은 동작 과정을 거친다.

분명한 것은 두 가지 조건 중 오직 하나의 조건만 만족하는 경우에 if, else 조건문을 사용한다면 컴퓨터 자원을 효율적으로 이용하는 것이 가능해진다.

아래는 앞서 예제 5.1에서 if 조건문을 통하여 홀/짝수를 구분하였던 소스코드를 if, else 조건문을 사용하여 구분하는 예제이다. 아래 소스코드를 실행한 후 예제 5.1과 어떠한 차이가 있는지 살펴보자.

예제 5.2 ConditionTest2.c

```
1    #include <stdio.h>
2
3    int main(void)
4    {
5        int num;
6        printf("자연수 입력 : ");
7        scanf("%d", &num);                    // 자연수 입력
8
9        if(num % 2 == 1)                      // 홀수 조건 검사
10           printf("입력한 %d는 홀수입니다.\n",num);
11       else                                 // 그 밖의(짝수) 조건 검사
12           printf("입력한 %d는 짝수입니다.\n",num);
13
14       return 0;
15   }
```

▼ 결과

```
자연수 입력 : 7
입력한 7은 홀수입니다.
```

7행에서 자연수를 입력받아 변수 num에 저장한다. 필자는 '7'을 입력하였다.

9행에서 'num'에 저장된 '7'을 '2'로 나눈 나머지가 '1'인지를 검사한다. '7'을 '2'로 나눈 나머지가 '1'로 조건을 만족하기 때문에 실행문인 10행이 동작한다. 한편 중괄호{ } 안에 실행문이 하나만 존재하기 때문에 중괄호를 생략하였다.
두 가지 조건 중 이미 하나의 조건을 만족하였기 때문에 이후 등장하는 11행 ~12행은 실행되지 않고 건너뛴다. 당연하겠지만 else문은 홀수가 아닌 조건. 즉 짝수일 경우에 동작한다.

if, else 조건문의 동작 원리를 이해하기 위해 조건문의 동작 과정을 아래 도식화하였다.

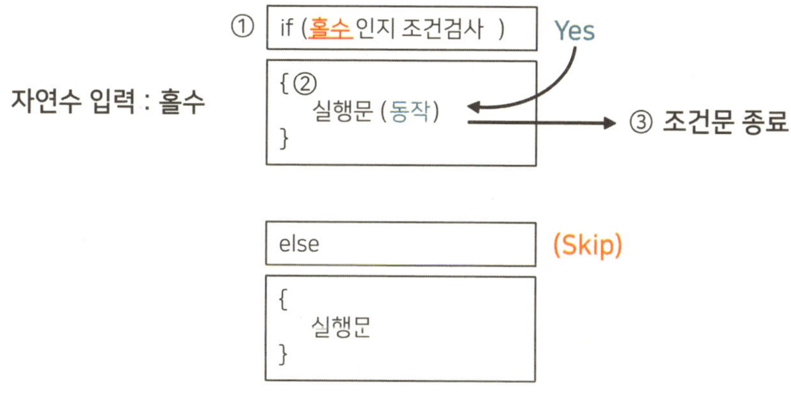

▼ 결과

자연수 입력 : 7
입력한 7은 홀수입니다.

추가로 소스코드를 실행하여 짝수를 입력하여 보자.
필자는 '14'를 입력하였다.

9행에서 'num'에 저장된 '14'를 '2'로 나눈 나머지가 '1'인지를 검사한다. '14'를 '2'로 나눈 나머지가 '0'이므로 조건을 만족하지 않기 때문에 10행의 실행문이 동작하지 않는다.

입력된 자연수는 홀수 아니면 짝수 둘 중에 하나이기 때문에 9행에서 첫 번째 조건을 만족하지 않았다면 자연스럽게 12행의 else문의 실행문이 동작한다.

짝수를 입력하였을 때 else문이 동작하는 과정을 아래 도식화하였다. if 조건문만을 사용했을 때와 if, else 조건문을 사용했을 때 차이점이 무엇인지 스스로 정리하여 보자.

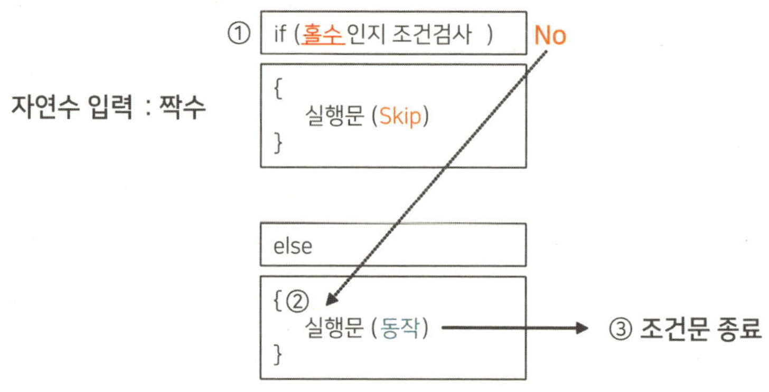

앞으로 컴퓨터 자원을 효율적으로 사용하기 위해서 두 가지 조건 중 오직 하나의 조건만 만족하는 경우에는 if, else 조건문을 활용하는 습관을 기르도록 하자.

if, else if, else 조건문

앞에 section에서 두 가지 조건 중 오직 하나의 조건만 만족하는 경우 if, else 조건문을 사용하여 소스코드를 작성해 보았다.

그런데 코딩을 하다 보면 경우의 수가 단 두 가지만 있는 것이 아니라 세 가지, 네 가지 혹은 그 이상의 가지 수가 존재할 수 있다. 이렇게 세 가지 이상 조건 중에서 오직 하나의 조건만 만족하는 경우에는 if, else if, else 조건문을 사용하면 된다.

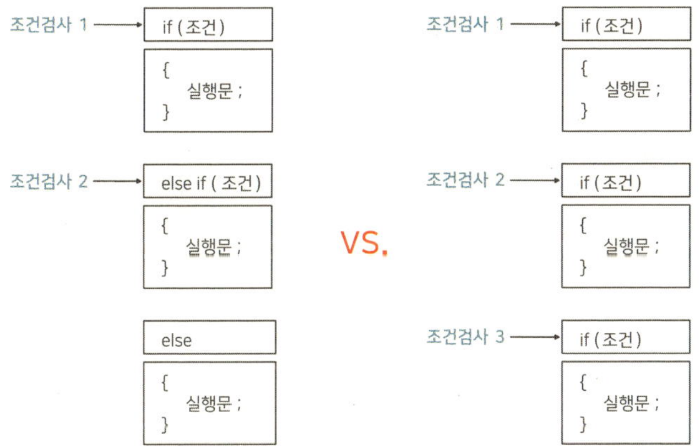

그럼 if, else if, else 조건문이 어떻게 사용되는지 준비한 프로그램 예를 통해 알아보자.

올림픽 양궁 경기에서 우리나라 선수와 미국 선수의 결승전이 진행되고 있다. 미국 선수는 모든 활을 발사했으며 점수는 90점이다. 우리나라 선수는 마지막 한 발을 남겨놓았으며 현재 82점이다. 마지막 한 발의 점수에 따라 발생 가능한 경우와 이때 결과를 아래 3가지로 정리해 보았다.

    ⅰ. 마지막 한 발의 점수가 8점을 초과한 경우 : 금메달
    ⅱ. 마지막 한 발의 점수가 8점인 경우 : 연장전
    ⅲ. 마지막 한 발의 점수가 8점 미만인 경우 : 은메달

　이제 위에서 살펴본 경우의 수를 고려하여 전광판에 경기 결과를 안내해주는 프로그램을 만들고자 한다. 이 프로그램의 핵심은 역시 조건문이다. 우리나라 선수의 마지막 점수에 따라 발생 가능한 3가지 경우에 따라서 if, else if, else 조건문을 어떻게 사용하는지 눈여겨보자.

예제 5.3 ConditionTest3.c

```
1    #include <stdio.h>
2
3    int main(void)
4    {
5      int score;
6      printf("마지막 한 발 점수 : ");
7      scanf("%d", &score);
8
9      if(score > 8)                  // 첫 번째 조건검사
10       printf("금메달입니다.\n");
11     else if(score == 8)            // 나머지 중 하나 조건검사
12       printf("연장전입니다.\n");
13     else                           // 마지막 조건검사
14       printf("은메달입니다.\n");
15
16     return 0;
17   }
```

▼ 결과

마지막 한 발 점수 : 9
금메달입니다.

7행에서 점수를 입력받아 변수 'score'에 저장하였다. 필자는 '9'를 입력하였다.

9행에서 'score에 저장된 '9'가 '8'보다 큰 값인지 검사한다. '9'는 '8'보다 큰 값이므로 실행문인 10행이 동작한다. 중요한 것은 세 가지 이상 조건 중에서 오직 하나의 조건만 만족하기 때문에 이후 등장하는 11행~14행은 실행되지 않고 건너뛴다는 것이다. 즉, if문에서 등장하는 첫 번째 조건을 만족하였기 때문에 나머지 else if문과 else문은 실행될 필요가 없다.

if, else if, else 조건문의 동작 과정을 다음과 같이 도식화하였다.

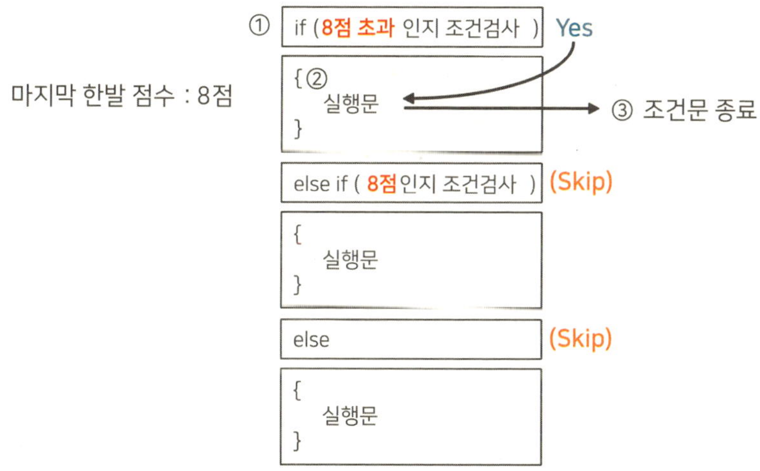

▼ 결과

마지막 한발 점수 : 8
연장전입니다.

추가로 소스코드를 실행하여 '8점'을 발사한 경우를 살펴보도록 하자.

9행에서 'score에 저장된 '8'이 '8'보다 큰 값인지 검사한다. '8'은 '8'보다 큰 값이 아니므로 10행의 실행문이 동작하지 않는다.

이어서 11행에서 'score에 저장된 '8'이 '8'과 같은지를 검사한다. 당연히 둘은 같은 값이므로 조건을 만족하기 때문에 12행의 실행문이 동작한다. 이때 하나의 조건을 만족하였기 때문에 이후 등장하는 13행~14행은 실행되지 않고 건너뛴다.

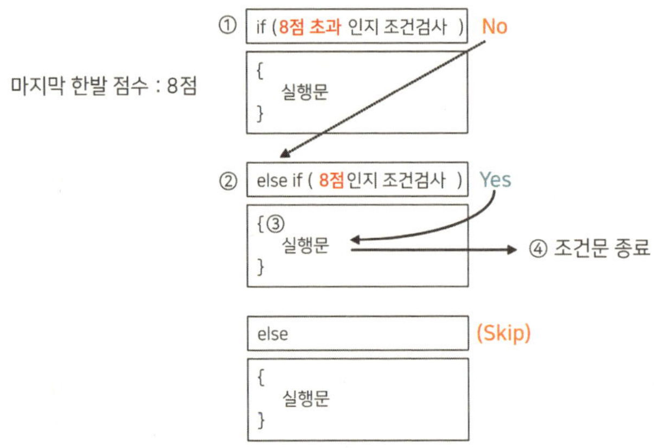

▼ 결과

마지막 한발 점수 : 6
은메달입니다.

마지막으로 소스코드를 실행하여 '6점'을 발사한 경우를 살펴보도록 하자.
9행에서 'score에 저장된 '6'이 '8'보다 큰 값인지 검사한다. '6'은 '8'보다 큰 값이 아니므로 10행의 실행문이 동작하지 않는다.
11행에서 'score에 저장된 '6'이 '8'과 같은지를 검사한다. '6'은 '8'과 같은 값이 아니므로 12행의 실행문이 동작하지 않는다.

3가지 조건 중 첫 번째, 두 번째 조건을 모두 만족하지 않았다. 즉 마지막 한발의 점수가 '6'으로 '8'보다 크거나 같은 조건을 만족하지 않았기 때문에 자연스럽게 14행의 else문의 실행문이 동작한다.
6점을 발사한 경우 if, else if, else 조건문의 동작 과정을 다음과 같이 도식화하였다.

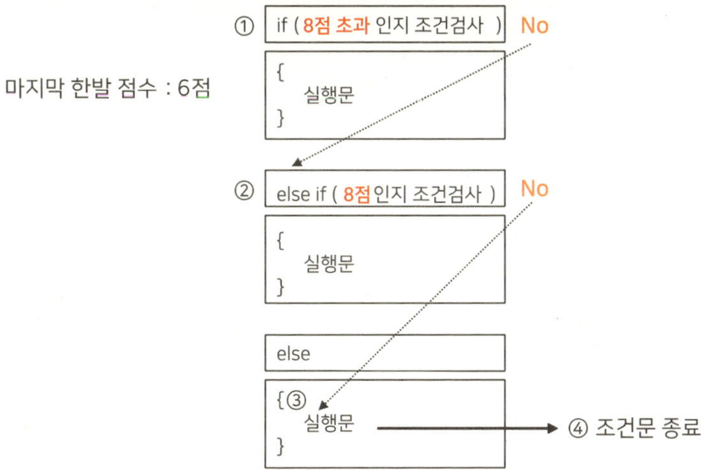

지금까지 세 가지 조건 중에서 오직 하나의 조건만 만족하는 경우에 if, else if, else 조건문을 사용하여 소스코드를 작성해 보았다. 그런데 발생 가능한 가지 수가 그 이상일 경우에는 어떻게 소스코드를 작성하면 좋을까? 간단하다. else if 문만 추가하면 된다.

위에서 소개한 올림픽 양궁 경기에서 '세계신기록으로 금메달' 따는 경우를 추가하여 소스코드를 작성해보자.
소스코드를 작성하기 전에 각 경우에 따른 조건을 설정하고 이때 결과를 정리하였다.

    i. 마지막 한 발의 점수가 9점을 초과한 경우: 세계신기록 금메달
    ii. 마지막 한 발의 점수가 8점을 초과하고 9점 이하인 경우: 금메달
    iii. 마지막 한 발의 점수가 8점인 경우: 연장전
    iv. 마지막 한 발의 점수가 8점 미만인 경우: 은메달

우리나라 선수의 마지막 점수에 따라 발생 가능한 4가지 경우를 고려하여 소스코드를 직접 작성해보자. 고민하여 작성한 소스코드가 아래 필자가 작성한 소스코드와 달라도 상관없다. 스스로 힘으로 코드를 설계하고 작성하려는 노력이 결국에는 여러분의 실력 향상에 밑거름이 될 것이다.

예제 5.4 ConditionTest4.c

```c
1      #include <stdio.h>
2
3      int main(void)
4      {
5          int score;
6          printf("마지막 한발 점수 : ");
7          scanf("%d", &score);
8
9          if(score > 9)
10             printf("세계신기록으로 금메달입니다.\n");
11         else if(score > 8)
12             printf("금메달입니다.\n");
13         else if(score == 8)
14             printf("연장전입니다.\n");
15         else
16             printf("은메달입니다.\n");
17
18         return 0;
19     }
```

앞선 예제와 비교해서 늘어난 경우의 수 만큼 else if 문이 추가되었다.
마지막 한 발 점수를 다르게 입력하여 각 경우에 따른 실행결과(세계신기록
금메달, 금메달, 연장전, 은메달)를 직접 확인해보자.

이번에는 chapter 도입부에서 소개한 '성적처리' 프로그램을 만들어 보려고
한다. 점수를 입력하면 조건에 맞는 등급을 출력하는 프로그램으로 세부 동작
흐름은 도입부를 다시 한번 읽어보도록 하자. 지금까지 조건문 내용을 제대로
이해하였다면 어렵지 않다.

시험 점수에 따라 발생 가능한 경우와 이때 결과를 다음과 같이 정리해 보았
다. 이어서 정리한 내용을 바탕으로 소스코드를 작성하였다.

No.	경우	실행문
1	시험점수가 90점 이상 100점 이하 일 경우	A 등급 출력
2	시험점수가 80점 이상 90점 미만 일 경우	B 등급 출력
3	시험점수가 70점 이상 80점 미만 일 경우	C 등급 출력
4	시험점수가 60점 이상 70점 미만 일 경우	D 등급 출력
5	시험점수가 50점 이상 60점 미만 일 경우	E 등급 출력
6	시험점수가 50점 미만 일 경우	F 등급 출력

예제 5.5 ConditionTest5.c

```c
1    #include <stdio.h>
2
3    int main(void)
4    {
5        int score;
6        printf("시험점수 : ");
7        scanf("%d", &score);
8
9        if(score >= 90)
10           printf("A 등급입니다.\n");
11       else if(score >= 80)
12           printf("B 등급입니다.\n");
13       else if(score >= 70)
14           printf("C 등급입니다.\n");
15       else if(score >=60)
16           printf("D 등급입니다.\n");
17       else if(score >=50)
18           printf("E 등급입니다.\n");
19       else
20           printf("F 등급입니다.\n");
21
22       return 0;
23   }
```

▼ 결과

```
시험점수 : 100
A 등급입니다.
```

7행에서 점수를 입력받아 변수 'score'에 저장하였다. 필자는 '100'을 입력하였다.

9행에서 'score에 저장된 '100'이 ‘90’보다 크거나 같은 값인지 검사한다. '100'은 ‘90’보다 큰 값으로 조건을 만족하기 때문에 실행문인 10행이 동작한다. 이때 하나의 조건을 만족하였기 때문에 이후 나오는 11행~20행은 실행되지 않고 건너뛴다.

입력 점수를 달리하여 각 경우에 따른 실행결과를 직접 확인해보자.

Switch 조건문

C언어에서는 if, else if, else문과 유사한 형태의 switch 조건문을 제공하고 있다.

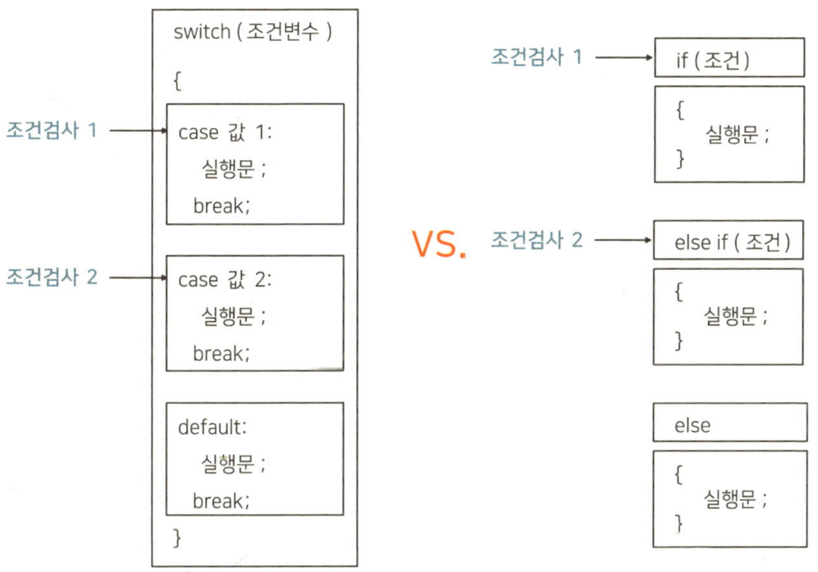

하나씩 살펴보면 switch문은 시작과 함께 조건변수가 위치하고 있는데 이는 조건을 검사하는 데 사용된다. 이때 조건변수는 정수형이어야만 한다.

이어서 case문과 조건 값이 등장한다. case문의 조건 값과 조건변수가 일치한다면 실행문이 동작하게 되어있다. 조건 값과 조건변수가 일치하지 않는다면 다음 case문의 조건 값과 조건변수가 일치하는지 검사한다. 만약 조건변수와 일치하는 case문을 찾지 못하였다면 마지막에 위치한 default문이 실행된다.

한편 각 case문마다 'break'가 등장하는데 이는 switch문의 종료를 의미한다. 즉 조건을 만족하는 case문을 찾아 실행문이 동작하였다면 나머지 조건문을 검사하지 않아도 되기 때문에 break를 추가하여 사용하고 있다. 'break'의 포함은 의무가 아니며 추가 조건 검사가 필요할 때는 생략해도 상관없다. 이 break 선언문은 다음 chapter에서 다시 다룰 예정이다.

앞서 다루었던 '성적처리' 프로그램을 이번에는 switch 조건문을 이용하여 작성하여 보자.
한 가지 염두 할 것은 switch문은 오로지 조건변수를 통한 값의 일치 여부만을 비교할 수 있기 때문에 switch문에 맞는 조건검사를 설정하기 위해 약간의 수정 작업이 필요하다.

아래 예제를 통하여 switch문을 직접 실행하여 보자.

예제 5.6 ConditionTest6.c

```
1       #include <stdio.h>
2
3       int main(void)
4       {
5           int score;
6           printf("시험점수 : ");
7           scanf("%d", &score);
8
9           switch(score/10)
10          {
11          case 10:
12              printf("S 등급입니다.\n");
13              break;
14          case 9:
15              printf("A 등급입니다.\n");
16              break;
```

```c
17        case 8:
18           printf("B 등급입니다.\n");
19           break;
20        case 7:
21           printf("C 등급입니다.\n");
22           break;
23        case 6:
24           printf("D 등급입니다.\n");
25           break;
26        case 5:
27           printf("E 등급입니다.\n");
28           break;
29        default:
30           printf("F 등급입니다.\n");
31           break;
32     }
33
34     return 0;
35  }
```

▼ 결과

```
시험점수 : 100
A 등급입니다.
```

7행에서 점수를 입력받아 변수 'score'에 저장하고 있다. 필자는 '100'을 입력
하였다.

주목할 것은 9행에서 switch문의 시작과 함께 조건변수가 위치하고 있는데 입력된 점수를 '10'으로 나누었다. switch문은 값의 일치 여부로 조건검사가 이루어지기 때문에 입력 점수를 '10'으로 나눔으로서 값을 통한 조건 판별이 가능해졌다.

아울러 11행을 눈여겨보자. 시험성적이 100점일 경우에 맞는 case문을 추가하였다. switch문은 크기의 비교가 아니라 값의 일치 여부로 조건검사가 이루어지기 때문이다.

이어서 case문 마다 조건 값이 위치하였는데 조건변수와 일치 여부를 순차적으로 검사하여 일치한 case문의 실행문을 출력한 후 switch문을 종료한다.

입력 점수를 달리하여 각 경우에 따른 실행결과를 직접 확인해보자.

Chapter

06

반복문

반복문

C언어를 처음 접하는 독자라면 이번 chapter의 주제인 반복문을 학습하면서 포기하고 싶은 마음이 생길 수도 있을 것이다. 필자 역시도 반복문을 학습하면서 막막함을 느꼈었기 때문에 그 마음을 잘 알고 있다. 그런데 한 가지 약속할 수 있는 건 이번 chapter를 완벽하게 숙달한다면 여러분 사고의 수준이 몇 단계 도약해 있을 것이다. 반복문은 논리적인 사고를 형성하고, 생각하는 힘을 기르는 데 큰 도움이 되기 때문이다.

필자가 경험했던 막막함이 독자에게 되풀이 되지 않게 최대한 쉬운 방향으로 반복문을 설명해 나가겠다. 절대 포기하지 말자.

반복문의 배경

먼저 반복문은 왜 필요한지 생각해보자.

반복문은 반복문 내에 **특정 명령을 지속해서 실행**하기 위해 사용된다.

뒤에서 한 차례 다루겠지만 연속되는 명령을 반복문을 통해 효율적으로 처리할 수 있다.

반복문을 사용하지 않았다면 100줄이나 필요한 소스코드가 단 4줄로 압축되었다.

<table>
<tr><td>반복문을 사용하지 않을 경우</td><td></td><td>반복문을 사용할 경우</td></tr>
<tr><td>

```
printf("1 바퀴 \n");
printf("2 바퀴 \n");
printf("3 바퀴 \n");
printf("4 바퀴 \n");
            .
            .
printf("98 바퀴 \n");
printf("99 바퀴 \n");
printf("100바퀴 \n");
```

</td><td>VS.</td><td>

```
while ( num < 100   )
{
    printf("%d 바퀴 \n", num++);
}
```

</td></tr>
</table>

그렇다면 반복문은 무조건 동작하는 것일까? 그렇지는 않다. 반복문이 동작하기 위해서는 **실행 조건**을 만족해야만 한다. if문에서 학습하였던 조건검사를 떠올려보자. 반복문이 동작하기 위해서는 실행 조건검사 결과가 '참'이어야 한다.

한편 실행 조건검사 결과는 언제나 '참'이 되어 무한정 반복문이 실행될까? 물론 특별한 경우 조건검사 결과가 언제나 '참'일 수 있겠지만 일반적으로는 무한정 반복문이 실행되지는 않는다. 어느 순간에는 조건검사 결과가 '거짓'으로 반복문을 벗어나게 된다. 이를 위하여 반복문이 동작하면서 반복문 내에 조건검사에 영향을 미치는 **장치**가 포함되어 있다.

지금까지 반복문 구성에 필요한 요소들을 소개하였는데 이어서 반복문의 동작 원리를 살펴보도록 하자.

반복문 동작 과정

C언어에서는 while문, do-while문, for문 3가지 형태로 반복문을 제공하고 있다. 3가지 반복문 모두 실행 과정은 조금씩 다르나 그 기본 원리는 같다.

아래는 실행 과정에 따라 반복문을 분류하였다.

while문, for문

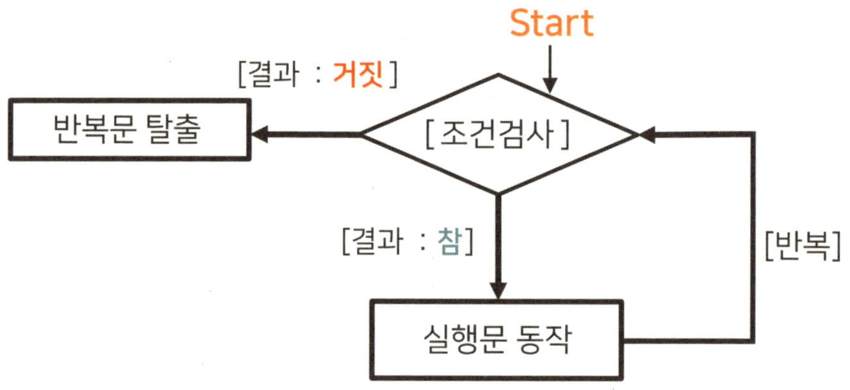

- 반복문이 실행되면 가장 먼저 조건검사부터 수행한다.
- 조건검사 결과가 참인 경우 실행문이 동작한다. 이후 다시 조건검사를 수행한다.
- 조건검사 결과가 참인 경우 다시 실행문이 동작한다. 이후 또다시 조건검사를 수행한다.
- 조건검사 결과가 거짓인 경우에는 즉시 반복문을 탈출한다.

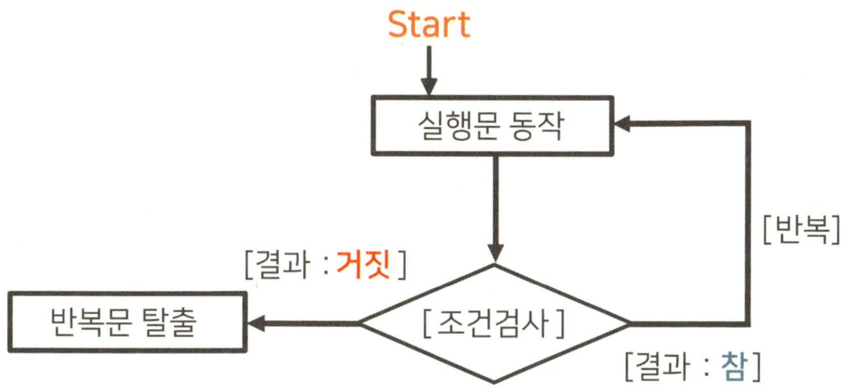

• 반복문이 실행되면 가장 먼저 실행문부터 동작하고 난 후 조건검사를 수행한다.

• 조건검사 결과가 참인 경우 실행문이 동작한다. 이후 다시 조건검사를 수행한다.

• 조건검사 결과가 참인 경우 다시 실행문이 동작한다. 이후 또다시 조건검사를 수행한다.

• 조건검사 결과가 거짓인 경우에는 즉시 반복문을 탈출한다.

앞서 while문, for문과 다르게 do while문은 첫 빈째 조건검사 결과가 거짓일지라도 실행문이 최소한 한번은 동작한다는 차이가 있다.

while문

이번 section에서는 while문을 통하여 반복문을 직접 설계하고 작성해보려
고 한다.

아래는 while문의 구조이다.

괄호( ) 안에 조건검사 부분이 위치하며, 중괄호{ } 안에는 실행문이 있다.

조건검사 결과가 참일 경우 중괄호{ } 내 실행문이 동작하게 되는 것이다.

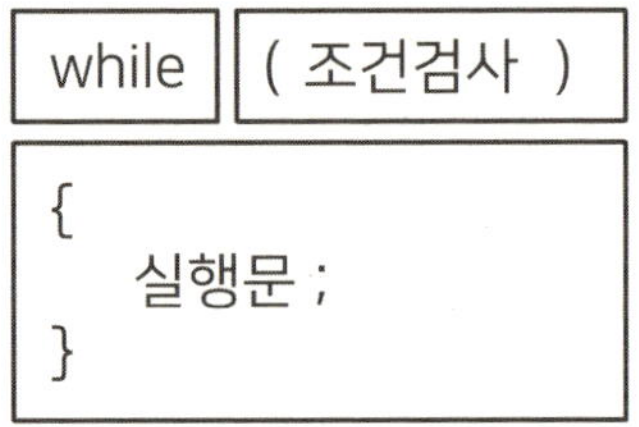

그럼, 조건검사 결과가 참인 경우와 거짓일 경우에 동작 과정을 알아보자.
다소 복잡해 보일 수도 있지만, 원리는 간단하다.

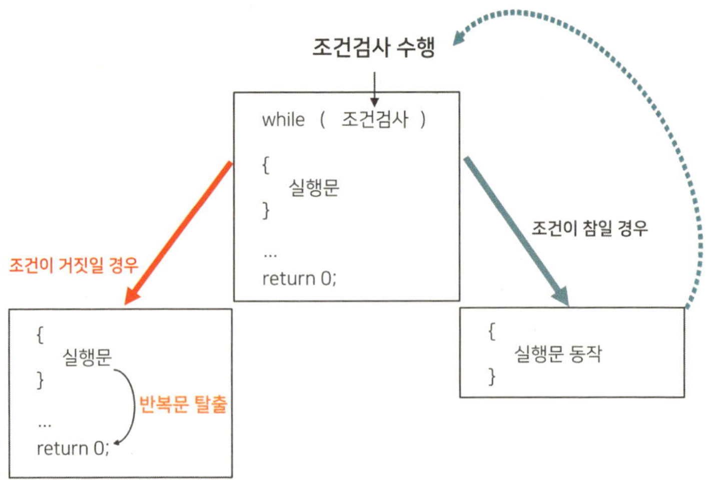

while문이 실행되면 가장 먼저 조건검사부터 수행한다.

(조건검사 결과 : 참)
• 조건검사 결과가 참인 경우 실행문이 동작한다. 이후 다시 조건검사를 수행
한다.

(조건검사 결과 : 거짓)
• 조건검사 결과가 거짓인 경우에는 즉시 반복문을 탈출한다.

반복문의 이해를 돕기 위하여 레이싱 경기에서 몇 바퀴를 경주했는지 전광판
에 표시하는 프로그램을 준비하였다.

트랙을 완주할 때까지 한 바퀴를 돌 때 마다 현재 바퀴 수를 전광판에 보여주
려고 한다. 이처럼 특정 명령을 지속해서 실행하는데 반복문이 제격이다. 아
래는 반복문의 동작을 flow chart를 통하여 설계하였다.

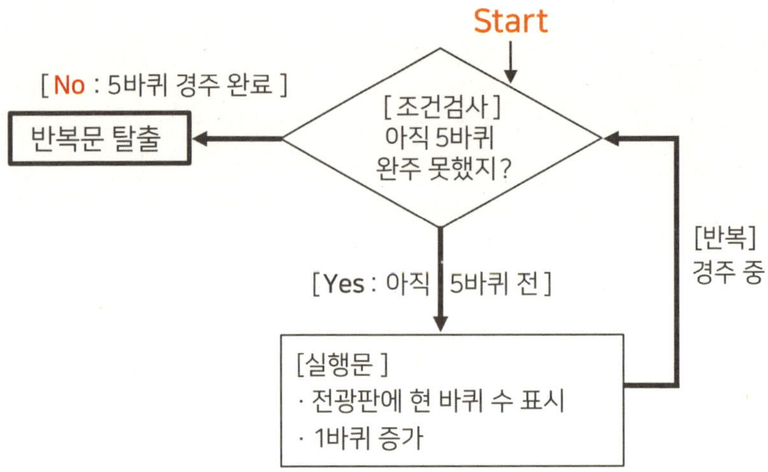

이어서 위 flow chart를 토대로 while문을 작성해보았다.

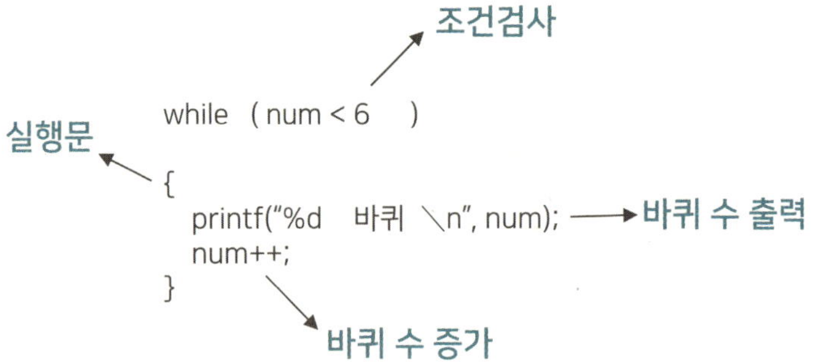

괄호( ) 안에 조건검사 부분이 위치한다. 중괄호{ } 안에는 실행문이 있다.
특히 실행문 내에는 바퀴 수의 출력뿐만 아니라 바퀴 수를 증가하고 있는데
이는 조건검사에 영향을 미치는 장치로 작용한다.

드디어 실전이다. 레이싱 경기에서 몇 바퀴를 경주했는지 전광판에 표시하는 프로그램을 만들어보자.

예제 6.1 LoopTest1.c

```c
1    #include <stdio.h>
2
3    int main(void)
4    {
5        int num=1;
6        printf("경기가 시작 되었습니다.\n");
7
8        while(num < 6)
9        {
10           printf("경기장을 %d 바퀴 돌았습니다.\n", num);
11           num++;
12       }
13
14       printf("경기가 종료 되었습니다.\n");
15
16       return 0;
17   }
```

▼ 결과

```
경기가 시작 되었습니다.
경기장을 1 바퀴 돌았습니다.
경기장을 2 바퀴 돌았습니다.
경기장을 3 바퀴 돌았습니다.
경기장을 4 바퀴 돌았습니다.
경기장을 5 바퀴 돌았습니다.
경기가 종료 되었습니다.
```

5행에서 바퀴 수를 의미하는 변수 'num'에 '1'을 저장하였습니다.
6행에서 경기 시작을 알리는 메시지를 'printf' 함수를 통해 출력하였다.

이어서 8행부터 12행까지 반복문이 있는데 5바퀴를 완주할 때까지 현재 바퀴
수를 반복하여 출력하고 있다. 반복문을 구성하는 괄호( ) 안에 조건검사 부
분과 중괄호{ } 안에 실행문을 눈여겨 살펴보자.

반복문의 각 단계 별 동작 과정을 다음 장에서 설명하였다.
끝으로 14행에서 경기 종료를 알리는 메시지를 'printf' 함수를 통해 출력하였다.

① 8행 : 조건 'num < 6' 을 만족하는지 검사를 한다.
　　　　현재 'num' 값은 '1'로 '6'보다 작으므로 실행문이 동작한다.
　9행 : 'printf' 함수를 통하여 '1'바퀴를 출력한다.
　10행 : 'num' 값을 '1'에서 '2'로 증가한다.

② 8행 : 조건 'num < 6' 을 만족하는지 검사를 한다.
　　　　현재 'num' 값은 '2'로 '6'보다 작으므로 실행문이 동작한다.
　9행 : 'printf' 함수를 통하여 '2'바퀴를 출력한다.
　10행 : 'num' 값을 '2'에서 '3'로 증가한다.

③ 8행 : 조건 'num < 6' 을 만족하는지 검사를 한다.
　　　　현재 'num' 값은 '3'으로 '6'보다 작으므로 실행문이 동작한다.
　9행 : 'printf' 함수를 통하여 '3'바퀴를 출력한다.
　10행 : 'num' 값을 '3'에서 '4'로 증가한다.

④ 8행 : 조건 'num < 6' 을 만족하는지 검사를 한다.
　　　　현재 'num' 값은 '4'로 '6'보다 작으므로 실행문이 동작한다.
　9행 : 'printf' 함수를 통하여 '4'바퀴를 출력한다.
　10행 : 'num' 값을 '4'에서 '5'로 증가한다.

⑤ 8행 : 조건 'num < 6' 을 만족하는지 검사를 한다.
　　　　현재 'num' 값은 '5'로 '6'보다 작으므로 실행문이 동작한다.
　9행 : 'printf' 함수를 통하여 '5'바퀴를 출력한다.
　10행 : 'num' 값을 '5'에서 '6'로 증가한다.

⑥ 8행 : 조건 'num < 6' 을 만족하는지 검사를 한다.
　　　　현재 'num' 값은 '6'으로 '6'보다 작지 않으므로 반복문을 탈출한다.

현재 바퀴 수 출력이라는 같은 명령을 반복하여 수행하기 위하여 while문을
이용하였다.

이번에는 한 단계 수준을 높여 구구단을 출력하는 예제를 준비하였다.

예제 6.2 LoopTest2.c

```c
1    #include <stdio.h>
2
3    int main(void)
4    {
5       int dan, num=1;
6       printf("몇 단을 계산할까요? : ");
7       scanf("%d", &dan);
8
9       while(num < 10)
10      {
11         printf("%d x %d = %d \n", dan, num, dan*num);
12         num++;
13      }
14
15      printf("구구단이 종료 되었습니다. \n");
16
17      return 0;
18   }
```

▼ 결과

```
몇 단을 계산할까요? : 5
5 x 1 = 5
5 x 2 = 10
5 x 3 = 15
5 x 4 = 20
5 x 5 = 25
5 x 6 = 30
5 x 7 = 35
5 x 8 = 40
5 x 9 = 45
구구단이 종료 되었습니다.
```

5행에서 변수 'dan'의 선언 및 변수 'num'을 선언 후 '1'로 초기화하였다.
6행에서 'printf' 함수를 통하여 출력하고자 하는 단을 물어보고 있다.
7행에서 'scanf' 함수를 통하여 변수 'dan'에 값을 저장하는데 필자는 '5'를 입력하였다. 이를 통하여 5단의 구구단 계산 결과를 출력해 볼 것이다.

이어서, 9행~13행까지 반복문이 있는데 5단의 구구단 계산 결과를 반복하여 출력하고 있다. 실행문이 다소 복잡해 보이지만 어렵지 않게 이해될 것이다.

주의 깊게 살펴볼 것은 반복문 내에 위치한 변수들의 쓰임새이다.
변수 'dan'에는 'scanf' 함수를 통해 입력받은 값 '5'가 저장되어 있다. 이 값은 반복문 내에서 변동 없이 고정되어 있다.
그리고 변수 'num'은 조건검사에 이용되는 한편 5단의 계산 결과에도 영향을 미치고 있다.

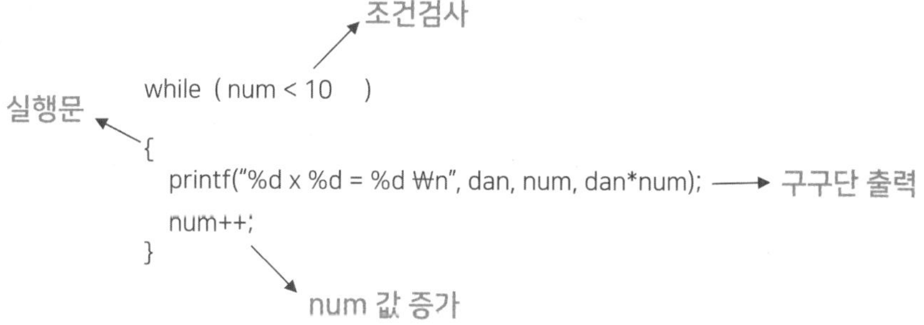

반복문의 단계 별 동작 과정을 다음 장에서 설명하였다.

① 8행 : 조건 'num 〈 10' 을 만족하는지 검사를 한다.
　　　　현재 'num' 값은 '1'로 '10'보다 작으므로 실행문이 동작한다.
　9행 : 'printf' 함수를 통하여 '5 x 1= 5'를 출력한다.
　10행 : 'num' 값을 '1'에서 '2'로 증가한다.

② 8행 : 조건 'num 〈 10' 을 만족하는지 검사를 한다.
　　　　현재 'num' 값은 '2'로 '10'보다 작으므로 실행문이 동작한다.
　9행 : 'printf' 함수를 통하여 '5 x 2= 10'를 출력한다.

10행 : 'num' 값을 '2'에서 '3'로 증가한다.

③ 8행 : 조건 'num 〈 10' 을 만족하는지 검사를 한다.
         현재 'num' 값은 '3'으로 '10'보다 작으므로 실행문이 동작한다.
     9행 : 'printf' 함수를 통하여 '5 x 3= 15'를 출력한다.
     10행 : 'num' 값을 '3'에서 '4'로 증가한다.

④ 8행 : 조건 'num 〈 10' 을 만족하는지 검사를 한다.
         현재 'num' 값은 '4'로 '10'보다 작으므로 실행문이 동작한다.
     9행 : 'printf' 함수를 통하여 '5 x 4= 20'를 출력한다.
     10행 : 'num' 값을 '4'에서 '5'로 증가한다.

⑤ 8행 : 조건 'num 〈 10' 을 만족하는지 검사를 한다.
         현재 num 값은 '5'로 '10'보다 작으므로 실행문이 동작한다.
     9행 : printf 함수를 통하여 '5 x 5= 25'를 출력한다.
     10행 : num 값을 '5'에서 '6'로 증가한다.

⑥ 8행 : 조건 'num 〈 10' 을 만족하는지 검사를 한다.
         현재 'num' 값은 '6'으로 '10'보다 작으므로 실행문이 동작한다.
     9행 : 'printf' 함수를 통하여 '5 x 6= 30'를 출력한다.
     10행 : 'num' 값을 '6'에서 '7'로 증가한다.

⑦ 8행 : 조건 'num 〈 10' 을 만족하는지 검사를 한다.
         현재 'num' 값은 '7'로 '10'보다 작으므로 실행문이 동작한다.
     9행 : 'printf' 함수를 통하여 5 x 7= 35를 출력한다.
     10행 : 'num' 값을 '7'에서 '8'로 증가한다.

⑧ 8행 : 조건 'num 〈 10' 을 만족하는지 검사를 한다.
         현재 'num' 값은 '8'로 '10'보다 작으므로 실행문이 동작한다.
     9행 : 'printf' 함수를 통하여 '5 x 8= 40'를 출력한다.
     10행 : 'num' 값을 '8'에서 '9'로 증가한다.

⑨ 8행 : 조건 'num ﹤ 10' 을 만족하는지 검사를 한다.

　　　　현재 'num' 값은 '9'로 '10'보다 작으므로 실행문이 동작한다.

　9행 : 'printf' 함수를 통하여 '5 x 9= 45'를 출력한다.

　10행 : 'num' 값을 '9'에서 '10'로 증가한다.

⑩ 8행 : 조건 'num ﹤ 10' 을 만족하는지 검사를 한다.

　　　　현재 'num' 값은 '10'으로 '10'보다 작지 않으므로 반복문을 탈출한다.

14행에서 반복문을 탈출한 후 'printf' 함수를 통해 구구단 종료를 알리는 메시지를 출력하면서 프로그램은 종료한다.

반복문은 프로그램상에서 반복되는 실행문의 동작을 소스코드 상에서 효율적으로 구현하기 위해 C언어에서 제공하는 기능이다. 만약, 반복문이 존재하지 않는다면 프로그램에서 필요한 실행문을 소스코드 상에서 일일이 적어 넣어야 할 것이다.

do-while문

이어서 do-while문을 살펴보자. while문과는 달리 do-while문은 무조건 실행문을 한 차례 먼저 동작하고, 이후에 조건을 검사하고 있다. 즉, do-while문은 최초 조건검사 결과의 참, 거짓 여부와 관계없이 최소한 한번 실행문이 동작한다. 'do'가 'while' 앞에 위치한 이유를 생각해보자.

앞서 while문에서 다루었던 레이싱 경기에서 바퀴 수를 전광판에 표시하는 프로그램을 do-while문을 이용하여 구현해 보자.

아래는 반복문의 동작을 flow chart를 통하여 설계하였다. flow chart에서도 확인할 수 있듯이 do-while문이 동작하면 먼저 실행문부터 동작한다. 그 이후에 조건검사가 진행된다.

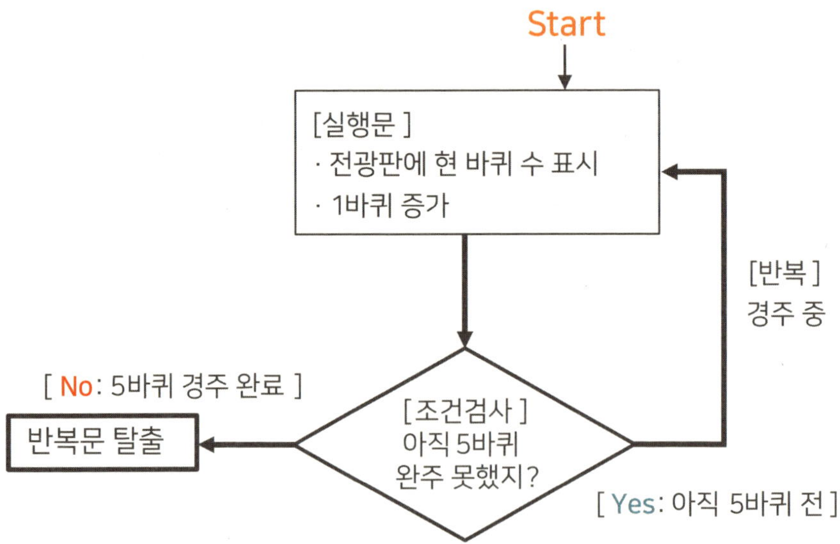

```c
1     #include <stdio.h>
2
3     int main(void)
4     {
5       int num=1;
6       printf("경기가 시작 되었습니다.\n");
7
8       do
9       {
10        printf("경기장을 %d 바퀴 돌았습니다.\n", num);
11        num++;
12      } while(num < 6);
13
14      printf("경기가 종료 되었습니다.\n");
15
16      return 0;
17    }
```

▼ 결과

```
경기가 시작 되었습니다.
경기장을 1 바퀴 돌았습니다.
경기장을 2 바퀴 돌았습니다.
경기장을 3 비퀴 돌았습니다.
경기장을 4 바퀴 돌았습니다.
경기장을 5 바퀴 돌았습니다.
경기가 종료 되었습니다.
```

5행에서 바퀴 수를 의미하는 변수 'num'에 '1'을 저장하였습니다.

6행에서 경기 시작을 알리는 메시지를 'printf' 함수를 통해 출력하였다.

이어서 8행부터 12행까지 반복문이 있는데 5바퀴를 완주할 때까지 현재 바퀴 수를 반복하여 출력하고 있다.

do-while문은 중괄호{ } 안에 실행문이 먼저 위치하고 이어서 조건검사가 위치하고 있다.

아래는 do-while 반복문의 동작 과정을 아래 단계별로 설명하였는데 while 문과 어떻게 차이가 있는지 스스로 확인해보자.

① 10행 : 'printf' 함수를 통하여 '1'바퀴를 출력한다.
　11행 : 'num' 값을 '1'에서 '2'로 증가한다.
　12행 : 조건 'num 〈 6' 을 만족하는지 검사를 한다.
　　　　현재 'num' 값은 '2'로 '6'보다 작으므로 다음 실행문이 동작한다.

② 10행 : 'printf' 함수를 통하여 '2'바퀴를 출력한다.
　11행 : 'num' 값을 '2'에서 '3'로 증가한다.
　12행 : 조건 'num 〈 6' 을 만족하는지 검사를 한다.
　　　　현재 'num' 값은 '3'로 '6'보다 작으므로 다음 실행문이 동작한다.

③ 10행 : 'printf' 함수를 통하여 '3'바퀴를 출력한다.
　11행 : 'num' 값을 '3'에서 '4'로 증가한다.
　12행 : 조건 'num 〈 6' 을 만족하는지 검사를 한다.
　　　　현재 'num' 값은 '4'로 '5'보다 작으므로 다음 실행문이 동작한다.

④ 10행 : 'printf' 함수를 통하여 '4'바퀴를 출력한다.
　11행 : 'num' 값을 '4'에서 '5'로 증가한다.
　12행 : 조건 'num 〈 6' 을 만족하는지 검사를 한다.
　　　　현재 'num' 값은 '5'로 '6'보다 작으므로 다음 실행문이 동작한다.

⑤ 10행 : 'printf' 함수를 통하여 '5'바퀴를 출력한다.
　11행 : 'num' 값을 '5'에서 '6'로 증가한다.
　12행 : 조건 'num 〈 6' 을 만족하는지 검사를 한다.
　　　　현재 'num' 값은 ''로 '6'보다 작지 않으므로 반복문을 탈출한다.

끝으로 14행에서 경기 종료를 알리는 메시지를 'printf' 함수를 통해 출력하였다.

소스코드 실행 결과 while문을 이용하여 작성한 예제 5.1과 동일하다. 그러나

while문과 do-whlie문은 분명히 다르다. 계속해서 강조하지만, do-while문
은 최초 조건검사 결과의 참, 거짓 여부와 관계없이 실행문부터 먼저 동작한
다.

for문

이어서 학습할 내용은 for문이 되겠다. 아래에서 확인할 수 있듯이 for문의
구조는 앞서 학습한 while문과 do-while문과 다소 차이가 있다.

```
for ( 초기화  ;  조건검사  ;  증감식  )
```
```
{
      실행문 ;
}
```

다른 반복문과 달리 for문에서는 초기화, 조건검사 및 증감변화 등의 반복문
요소들을 한 줄에 표현하고 있다. 또한, 초기회리는 새로운 빈복문 요소도 등
장하였다.

이렇게 for문을 학습하면서 새로운 개념이 등장하였지만, 반복문의 기본 명
제. 조건검사 결과 참, 거짓에 따라 반복문의 동작 여부가 결정되는 것은 변함
없다. 즉 조건검사 결과가 참인 경우 실행문이 동작한다. 만약 조건검사 결과
가 거짓인 경우에는 즉시 반복문을 탈출한다.

이어서 for문의 실제 구성과 단계별 동작 순서를 레이싱 경주 예제를 통해
설명하였다.

먼저 for문의 실제 구성이다. while문과 비교하여 반복문 요소들의 위치를 주목하자.

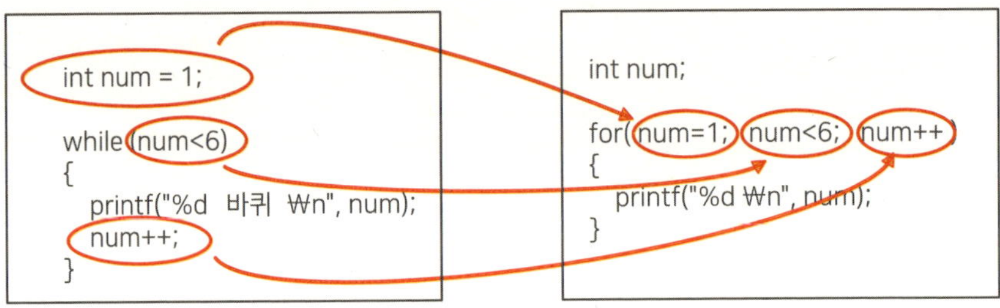

다음으로 for문의 동작 순서를 단계별로 나타내었다.

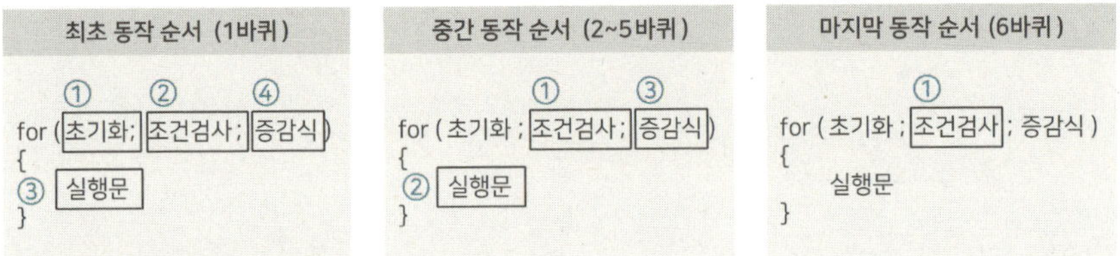

최초 반복문 동작 순서
최초 반복문은 변수의 초기화부터 시작한다. 이 변수는 반복문의 조건검사와 증감식 변화에 사용된다. 이후, 조건의 참, 거짓 여부를 검사 후 참일 경우 실행문을 동작한다. 이어서, 증감식의 변숫값을 변화시킨다.

중간 반복문 동작 순서
최초 반복문을 수행한 후에는 초기화 단계를 건너뛴다. 조건의 참, 거짓 여부를 검사 후 참일 경우 실행문이 동작한다. 이어서, 증감식의 변숫값을 변화시킨다.

마지막 반복문 동작 순서
조건의 참, 거짓 여부를 검사 후 거짓일 경우 즉시 반복문을 탈출한다.

앞서 배운 for문의 기본 개념을 활용하여 레이싱 경기에서 몇 바퀴를 경주했는지 전광판에 표시하는 프로그램을 만들어보자.

예제 6.4 LoopTest4.c

```
1    #include <stdio.h>
2
3    int main(void)
4    {
5        int num;
6        printf("경기가 시작 되었습니다.\n");
7
8        for(num=1; num<6; num++)
9        {
10           printf("경기장을 %d 바퀴 돌았습니다.\n", num);
11       }
12
13       printf("경기가 종료 되었습니다.\n");
14
15       return 0;
16   }
```

▼ 결과

```
경기가 시작 되었습니다.
경기장을 1 바퀴 돌았습니다.
경기장을 2 바퀴 돌았습니다.
경기장을 3 바퀴 돌았습니다.
경기장을 4 바퀴 돌았습니다.
경기장을 5 바퀴 돌았습니다.
경기가 종료 되었습니다.
```

for문으로 구현한 프로그램 역시 다른 반복문과 결과는 같다.

한 가지 눈여겨볼 점은 5행에서 반복문에 사용되는 변수 'num'을 선언만 한 것이다. for문 구조에서 확인할 수 있듯이 for문은 반복문에 사용되는 변수의 초기화부터 시작하기 때문에 5행에서 변수를 초기화할 필요가 없기 때문이다.

아래 for문의 세부 동작 과정을 마지막으로 이번 section을 마무리하려고 한다.

① 8행 : 변수 'num'을 '1'로 초기화한다.
　　　조건 'num < 6' 을 만족하는지 검사를 한다.
　　　현재 'num' 값은 '1'로 '6'보다 작으므로 실행문이 동작한다.
　10행 : 'printf' 함수를 통하여 '1'바퀴를 출력한다.
　8행 : 'num' 값을 '1'에서 '2'로 증가한다.

② 8행 : 조건 'num < 6' 을 만족하는지 검사를 한다.
　　　현재 'num' 값은 '2'로 '6'보다 작으므로 실행문이 동작한다.
　10행 : 'printf' 함수를 통하여 '2'바퀴를 출력한다.
　8행 : 'num' 값을 '2'에서 '3'로 증가한다.

③ 8행 : 조건 'num < 6' 을 만족하는지 검사를 한다.
　　　현재 num 값은 '3'으로 '6'보다 작으므로 실행문이 동작한다.
　10행 : printf 함수를 통하여 '3'바퀴를 출력한다.
　8행 : num 값을 '3'에서 '4'로 증가한다.

④ 8행 : 조건 'num < 6' 을 만족하는지 검사를 한다.
　　　현재 'num' 값은 '4'로 '6'보다 작으므로 실행문이 동작한다.
　10행 : 'printf' 함수를 통하여 '4'바퀴를 출력한다.
　8행 : 'num' 값을 '4'에서 '5'로 증가한다.

⑤ 8행 : 조건 'num < 6' 을 만족하는지 검사를 한다.
　　　현재 'num' 값은 '5'로 '6'보다 작으므로 실행문이 동작한다.
　10행 : 'printf' 함수를 통하여 '5'바퀴를 출력한다.
　행 : 'num' 값을 '5'에서 '6'로 증가한다.

⑥ 8행 : 조건 'num < 6' 을 만족하는지 검사를 한다.
　　　현재 'num' 값은 '6'으로 '6'보다 작지 않으므로 반복문을 탈출한다.

반복문의 응용

  이어서 학습할 내용은 반복문의 응용으로 반드시 이전 내용을 완벽하게 이해한 다음에 진행하도록 하자.

조건문 활용

그동안 사용하였던 반복문은 조건을 만족한다면 하나의 실행문만이 동작하는 구조였다면, 이번에 학습할 내용은 반복문 내 조건문을 삽입하여 특정 조건에 따라서 여러 개의 실행문이 동작하는 구조이다.

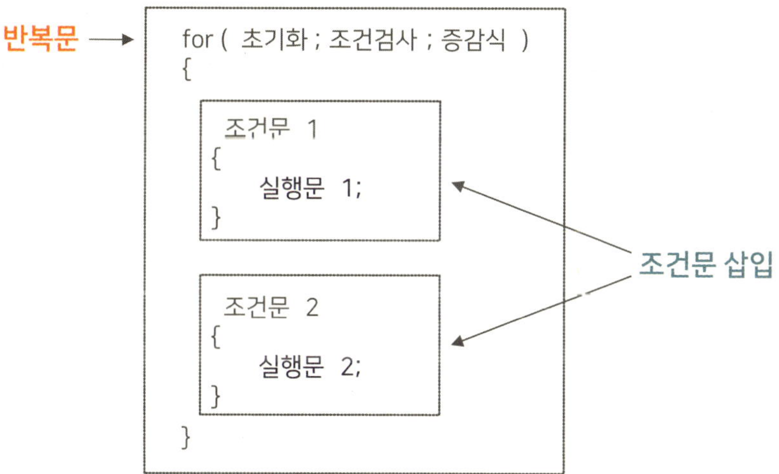

아래는 '1'부터 '49'를 반복하는 동안 조건에 따라 실행문을 구분하여 동작하는 예제이다.

예제 6.5 LoopTest5.c

```c
1     #include <stdio.h>
2
3     int main(void)
4     {
5        int num;
6
7        for(num=1; num<50; num++)
8        {
9          if(num%2 == 0)
10            printf("%d : 짝수 \n", num);
11
12         else
13            printf("%d : 홀수 \n", num);
14        }
15
16        return 0;
17    }
```

▼ 결과

```
1 : 홀수
2 : 짝수
3 : 홀수
(중략)
47 : 홀수
48 : 짝수
49 : 홀수
```

for문을 통하여 변수 'num'이 '1'부터 '49'가 될 때까지 반복하여 실행문이 동작한다. 이때 반복문 내에 하나의 실행문만 존재하는 것이 아니라 조건문을 통하여 홀수/짝수에 따라서 다른 실행문이 동작하게끔 구성되어 있다.

무한루프

반복문의 조건검사가 계속해서 참일 경우 반복문을 탈출하지 못하고 실행문이 무한정 동작하는데, 이를 '무한루프'라고 한다. 즉, 조건검사 결과가 항상 '참'인 경우 무한루프가 되는 것이다. 여기서 잠깐! C언어는 조건을 만족하면 '1', 만족하지 않으면 '0'을 반환한다는 것을 떠올려 보자.

아래처럼 조건검사 결과가 항상 '1'이 되면 무한루프가 완성된다.

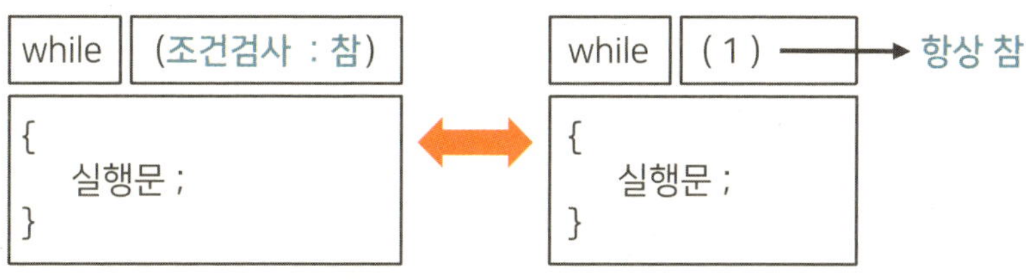

예제 6.6 LoopTest6.c

```c
1    #include <stdio.h>
2
3    int main(void)
4    {
5        while(1)
6        {
7            printf("Loop! \n");
8        }
9        return 0;
10   }
```

▼ 결과

```
Loop!
Loop!
Loop!
Loop!
(중략)
^C
```

결과에서 확인할 수 있듯이 while문의 조건검사 결과가 '1'로 항상 '참'이므로, 무한루프를 형성한다.
참고로 프로그램의 강제종료를 의미하는 'Ctrl' + 'C' 를 통해서 무한루프에서 빠져나올 수 있다.

continue & break 선언문

반복문 응용의 마지막인 continue와 break 선언문을 학습해보자.

• continue : 특정 조건일 때 현재 실행문을 건너뛰고 다음 조건검사를 진행한다. (Skip)
• break : 특정 조건일 때 반복문 탈출한다. (Exit)

두 선언문의 공통적인 특징은 특정 조건을 만족할 때 기능을 발휘하고 있다는 것이다. 이를 위하여 조건문을 활용하고 있는데 그 구조는 아래와 같다.

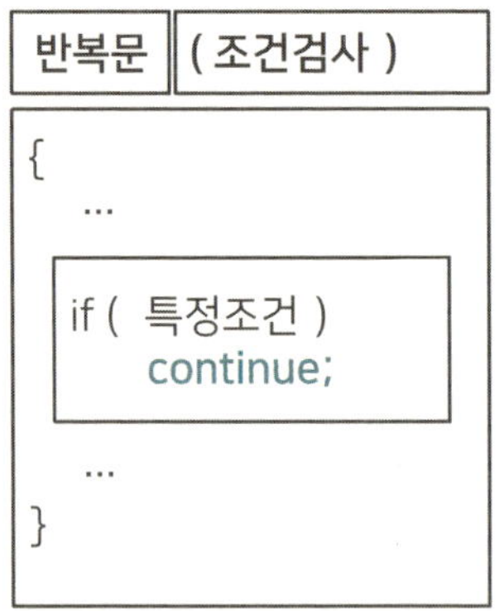

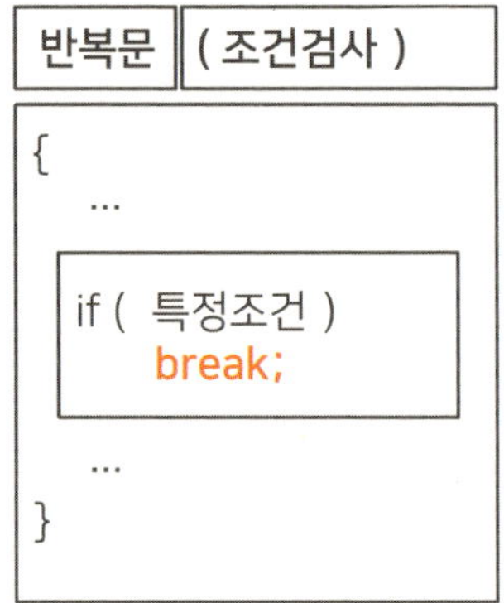

먼저 continue 선언문의 이해를 돕기 위해 건물 엘리베이터 모니터에 층수를 표시하는 프로그램을 예로 소개하고자 한다.

프로그램을 작성하기 전에 한 가지 고려할 것은 건물 4층에서 인테리어 공사로 엘리베이터가 4층에서 멈추지 않고 지나친다는 것이다. 즉, 엘리베이터가 4층은 동작하지 않으므로 모니터도 4층을 표시해서는 안 된다.

```c
1    #include <stdio.h>
2
3    int main(void)
4    {
5       int num=0, floor=0;
6       printf("층수를 입력하세요 : ");
7       scanf("%d",&floor);
8
9       while(num<floor)
10      {
11         num++;
12
13         if(num == 4)
14            continue;
15
16         printf("현재 %d 층입니다. \n", num);
17      }
18
19      return 0;
20   }
```

▼ 결과

```
층수를 입력하세요 : 10
현재 1 층입니다.
현재 2 층입니다.
현재 3 층입니다.
현재 5 층입니다.
현재 6 층입니다.
현재 7 층입니다.
현재 8 층입니다.
현재 9 층입니다.
현재 10 층입니다.
```

5행에서 생성된 변수 'num'은 현재 엘리베이터 층수를 나타낸다. 변수 'floor'

는 1층에서 올라가려는 층수를 입력받아 저장한다. 7행에서 필자는 '10'을 입력하였다.

이어서 9행에서부터 반복문이 시작된다. 현재 층수가 가려는 층수보다 작을 경우 반복문은 계속해서 동작한다. 13행~14행에 if문을 활용한 continue 선언문이 등장하였다. 현재 층수가 4층이라면 모니터에 층수를 출력하지 않고 다음 조건 검사를 수행한다.

 결과에서 확인할 수 있듯이 4층은 건너뛰고 층수가 표시되었다.

continue 선언문이 실행되는 전후 반복문의 동작 과정을 아래 정리하였다.

if 조건문을 통하여 현재 4층일 경우 continue 선언문이 실행된다. continue 선언문이 동작하면 현재 실행문을 건너뛰고 다음 조건 검사를 수행하기 때문에 4층 층수를 출력하지 않는다.

continue 선언문 이해를 돕기 위해 준비한 예제를 다루어 보았다. 완성도를 갖춘 예제는 아니지만, continue 선언문의 기능뿐만 아니라 continue 선언문이 왜 사용되는지 필요성을 이해하는 데 도움이 되었기를 바란다.

이어서 살펴볼 break 선언문은 앞선 chapter에서 switch문을 학습할 때 이미 소개되었다.

break 선언문은 실행되는 조건문, 반복문 등에서 탈출 용도로 사용된다.
break 선언문의 이해를 돕기 위해 엘리베이터에 탑승하는 사람들의 몸무게를
계산하여 '정원 초과' 메시지를 출력하는 프로그램을 구현해보자. 이번 예제
역시 다소 현실성이 떨어지긴 해도 break 선언문 이해를 돕기 위해 준비해보
았다.

건물 엘리베이터에 한 사람씩 탑승한다고 하자. 앞서 학습한 무한 Loop와 복
합 대입 연산자를 활용하여 전체 탑승한 사람의 누적 몸무게를 계산한다. 만
약 엘리베이터 탑승 가능한 무게 400kg를 초과할 경우 '정원 초과' 메시지를
표시하면서 몸무게 계산이 종료된다.

예제 6.8 LoopTest8.c

```
1    #include <stdio.h>
2
3    int main(void)
4    {
5        int sum=0, weight=0;
6
7        while(1)
8        {
9            printf("현재 탑승한 사람 몸무게 : ");
10           scanf("%d", &weight);
11           sum+=weight;
12
13           if(sum > 400)
14           {
15               printf("\nWarning!\n");
16               printf("정원 초과입니다.\n");
17               printf("마지막 탑승한 사람은 내려주시길 바랍니다.\n");
18               break;
19           }
20       }
21       return 0;
22   }
```

▼ 결과

결과에서 확인할 수 있듯이 누적 몸무게가 400Kg를 초과하면 '정원 초과' 메시지가 표시된다.

소스코드를 하나씩 살펴보자. 먼저 5행에서 변수 'sum'과 'weight'를 생성하였다. 변수 'sum'에는 'weight'를 통해 입력받은 모든 사람의 몸무게 누적값을 저장한다. 변수 'weight'는 무한루프가 동작하면서 현재 탑승한 사람의 몸무게를 입력받아 저장한다.

13행부터 무한 loop가 실행되는데 반복문이 동작하면서 현재 탑승한 사람의 몸무게뿐만 아니라 탑승한 모든 사람의 몸무게를 저장한다. 몸무게를 차례로 입력하자.

여기서 핵심은 반복문 내 break 선언문을 통해 변수 'sum'에 저장된 누적 몸무게 값이 '400'을 초과할 경우 '정원 초과' 메시지를 표시하면서 반복문을 탈출하게 된다.

드디어, 길었던 반복문 학습이 마무리되었다. 머리를 쥐어짤 정도로 어렵고, 헷갈리는 내용이 많아서 공부하는데 쉽지 않았을 것이다. 혹시나 포기하고 싶은 위기의 순간이 찾아오지는 않았는가!?

필자가 해줄 수 있는 가장 현실적이고 효과적인 조언은 chapter의 제목처럼 반복하고 또 반복해서 보라는 것이다. 용어와 구조가 눈에 들어오기 시작했다면 연습장에 반복문의 동작 과정을 직접 손으로 적어보자. 이어서 새로운 예제를 스스로 만들어 프로그램으로 구현해 보도록 하자. 분명 C언어가 재밌어지는 순간이 오게 되며, 그 후에 여러분의 실력은 기하급수적으로 상승하게 될 것이다.

Umbrella
Newpaper

　주변에서 아이디어 하나로 대박이 나고 인생이 바뀐 사례를 심심치 않게 접할 수 있다. 실제로 혁신적인 생각과 발상의 전환이 성공의 중요한 척도가 되고 있다.

　그중에서 에콰도르의 한 신문사에서 발상의 전환을 통하여 소비자의 불편을 해소하고 판매 부수가 증가된 사례를 소개하려고 한다.

에콰도르의 장마철에는 폭우로 종이신문의 판매가 급감한다고 한다.
이에 에콰도르의 신문사인 'Extra Newspaper'는 장마철에 떨어지는 매출을 회복하기 위하여 창의적인 아이디어를 고안한다.

바로 플라스틱 코팅을 통하여 비가와도 젖지 않은 신문을 발행한 것이다.
　즉, 신문의 기능을 유지한 채 비를 막아주는 Umbrella Newspaper가 탄생하였다.

이를 통하여 판매 부수는 12% 증가하였고, 광고 매출도 16% 증가하였다.

Youtube에 Umbrella Newspaper를 검색한 후 소개 영상을 꼭 시청해보기를
바란다.

　창의적인 아이디어는 누구나 낼 수 있다. 평소 당연시 여겨졌던 일들에 why
로 궁금증을 제시하고 how로 궁금증을 파헤쳐 보자. 이때 정답은 필요 없다.
생각하는 습관은 창의적인 아이디어를 낼 수 있는 가장 좋은 수단이다.

Chapter

07

함수

함수

  C언어뿐만 아니라 앞으로 접하게 될 많은 프로그램 중에서 가장 중요한 역할을 담당하는 것이 바로 이번 chapter에서 학습할 함수이다. 함수는 데이터를 가공 처리하여 사용자가 원하는 정보를 제공하여 주는데 이 함수를 통해서 프로그램은 다양한 기능을 발휘할 수 있다.

함수의 배경

　기본적으로 하나의 프로그램은 함수들의 집합으로 구성되어 있다. 예를 들어, 건물의 주소를 도로명에 기초하여 표기하는 새로운 주소 제도인 '도로명주소 안내시스템'을 살펴보자. 도로명주소의 생활화를 위하여 정확한 정보제공, 편리한 접속, 신속한 검색 등의 다양한 함수들이 존재한다.

　C언어에서는 자주 사용하는 함수를 표준 라이브러리(Standard library)에 정의하여 필요할 때마다 쉽게 사용할 수 있도록 하고 있다. 이를 표준함수라고도 하는데 'printf', 'scanf' 함수가 대표적이다.
이와 별도로 사용자가 직접 필요한 기능들을 설계하고 동작하도록 함수를 만들 수도 있다. 이를 User-defined 함수라고도 하는데 이번 chapter에서 집중적으로 다룰 예정이다.

　함수는 함수이름, 입력, 출력 그리고 몸체 4가지로 구성된다. 앞으로 이 4가지 요소들을 유기적으로 결합하여 우리가 원하는 함수의 기능을 발휘하도록 설계해야 하는데, 각 요소의 역할을 아래 간략하게 도식화하였다.

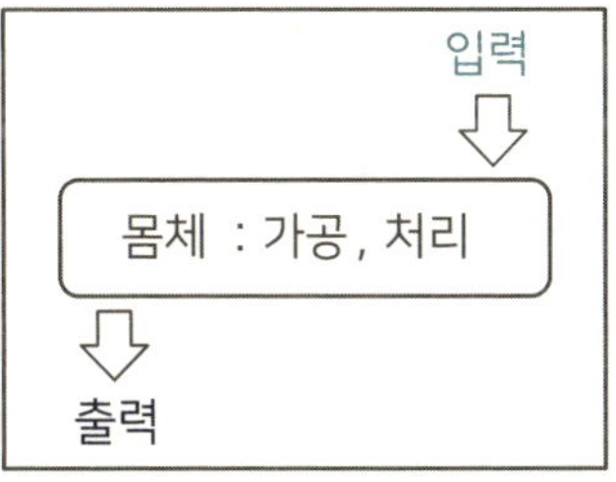

이어서 함수의 4가지 구성 요소를 C언어에서 요구하는 양식으로 바꾸어 보았다. 함수이름을 중심으로 좌우에 입출력 형태를 지정하고 있으며, 중괄호{ } 안에 함수 몸체가 위치하여 사용자가 원하는 기능을 발휘할 수 있도록 구성되어 있다.

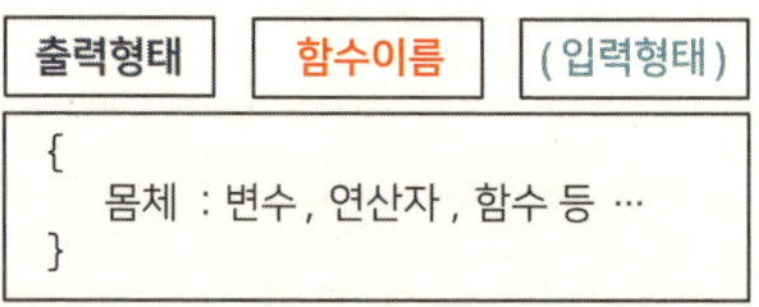

함수를 직접 만들어 보기 전에 C언어에서 가장 대표적인 함수 하나를 소개하려고 한다. 그동안 자연스럽게 사용했던 'main' 함수인데, 이 'main' 함수는 프로그램상에서 뼈대가 되는 함수로 모든 프로그램은 'main' 함수에서부터 시작한다.

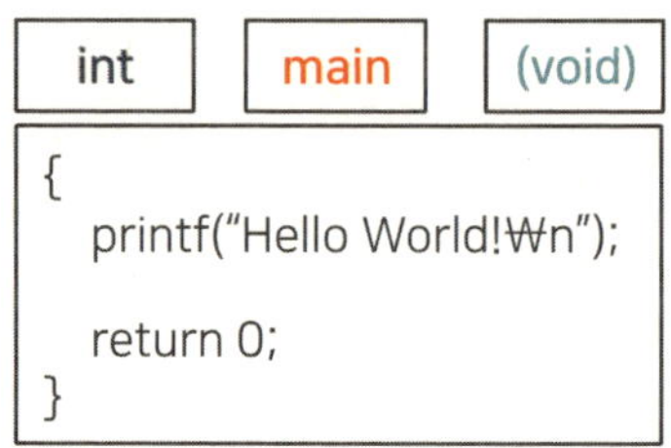

C언어를 처음 시작하면서 다루었던 'Hello World' 예제이다. 전과 다르게 함수가 구조적으로 눈에 들어오는가?

먼저 main 함수의 4가지 함수 구성 요소 중에 입출력 형태를 주의 깊게 살펴보면 입출력 형태를 정의하는 것이 자료형임을 확인할 수 있다.
이때 입력형태를 정의하는 자료형이 'void'형이다. void는 그 사전적 의미(하나도 없는(형), 빈 공간(명))와 같이 자료형이 정해지지 않았음을 뜻한다. 즉, 'main' 함수에서 'void'형이 사용될 경우 데이터의 전달 또는 반환이 없다는 것을 의미한다.

아울러 'main' 함수 몸체의 마지막에 'return 0' 이 위치하고 있다. return은 함수의 종료와 값의 반환을 의미하는데 'return 0'은 함수가 종료되면서 '0' 값을 반환한다는 것을 뜻한다.

이어서 'main' 함수의 출력 형태로 int형이 사용되었다. 이는 함수 종료 후 정수형 값이 출력되는 것을 의미하는데, 함수 몸체의 반환 값이 '0' 인 것을 눈여겨보자.

User-defined 함수

우리가 만들어 볼 함수는 이름이 Add이며, int형 정수 2개를 입력받은 후 두 수의 합을 반환하는 기능을 수행한다.

아래 함수 구조에서 확인할 수 있듯이 프로그램의 중심이 되는 'main' 함수에서 'Add' 함수를 호출하고 있다. 실제로 'Add' 함수는 메모리 어딘가에 존재하는데 'Add' 함수의 호출이 발생할 때마다 이 메모리 공간에 접근하여 함수가 동작하는 것이다.

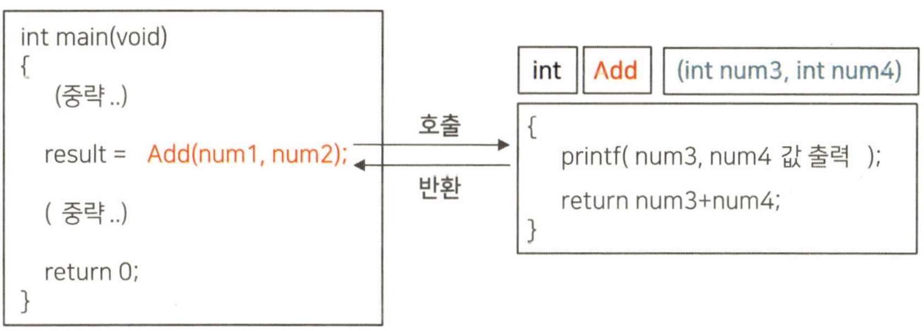

이어서 함수 동작 과정을 개략적으로 살펴보자. 'Add' 함수가 호출되면 int형 정수 2개를 파라미터(parameter)로 입력받는다. 여기서 파라미터는 매개변수라고도 일컬어지는데, 'Add' 함수의 호출 시 전달받은 값이 저장되는 변수로 이해하자. 또한 'Add' 함수가 종료되면서 정수형 값을 반환하는데 이때 반환 값은 입력받은 매개변수들의 합이 된다.

```c
1    #include <stdio.h>
2
3    int Add(int num3, int num4)
4    {
5        printf("num3 : %d, num4 : %d \n", num3, num4);
6        return num3+num4;
7    }
8
9    int main(void)
10   {
11       int result;
12       int num1=10, num2=5;
13
14       result = Add(num1, num2);
15       printf("num1과 num2의 합은 %d입니다.\n", result);
16
17       return 0;
18   }
```

▼ 결과

```
num3 : 10, num4 : 5
num1과 num2의 합은 15입니다.
```

위 소스코드는 크게 2가지 함수로 구성된다. 하나는 프로그램의 중심인 'main' 함수이고, 다른 하나는 우리가 설계한 'Add' 함수이다. 앞에서 언급했듯이 우리가 설계한 'Add' 함수는 'main' 함수 내에 위치하는 것이 아니라 별도 메모리 공간에 존재한다. 이에 따라 'Add' 함수의 선언과 정의도 'main' 함수 밖에서 이루어지는데, 소스코드 라인 상에서 'Add' 함수가 먼저 있더라도 'main' 함수가 프로그램의 시작이고 중심임을 잊지 말자.

프로그램이 실행되면 'main' 함수가 먼저 동작한다. 이 'main' 함수 중간에 'Add' 함수를 호출하고 있는데, 호출과 동시에 'Add' 함수 몸체가 실행되며,

결괏값을 반환하면서 'Add' 함수는 종료된다.

'Add' 함수의 구체적인 호출 과정을 아래 도식화하여 정리하였다.

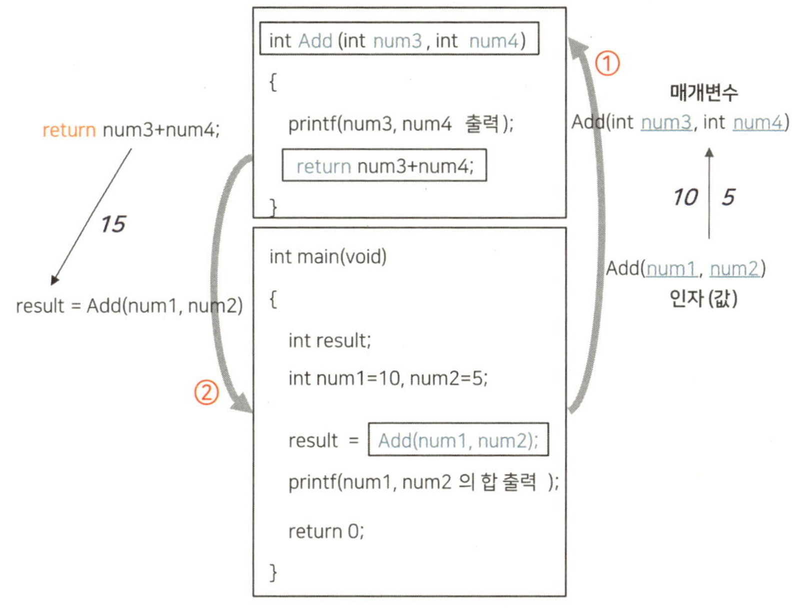

호출과정이 눈에 들어오는가? 이해를 돕기 위해 호출 과정을 아래 추가로 설명하였다.

Add 함수를 호출	(14행)
'num1', 'num2' 값을 Add 함수의 인자로 전달	(14행)
Add 함수 매개변수 'num3', 'num4'에 'num1', 'num2'에서 넘어온 값을 저장	(3행)
printf 함수를 통해 'num3'과 'num4' 값을 출력	(5행)
'num3'과 'num4'의 합을 결괏값으로 반환하면서 Add함수는 종료	(6행)
Add함수 종료 후 반환 값이 변수 'result'에 저장	(14행)

　이어서 15행에서 'Add' 함수 반환 값이 저장된 변수 'result' 에 값을 출력한 후 main 함수가 종료된다.

아직은 처음 등장한 함수 개념을 이해하기 쉽지 않을 것이다. 함수 호출 원리의 이해를 돕기 위하여 아래 하나의 예제를 추가하여 준비하였다.

예제 7.2 FuncTest2.c

```
1    #include <stdio.h>
2
3    int Add(int num3, int num4)
4    {
5        printf("num3 : %d, num4 : %d \n", num3, num4);
6        return num3+num4;
7    }
8
9    int main(void)
10   {
11       int result1, result2;
12       int num1=10, num2=5;
13       int num5=100, num6=50;
14
15       result1 = Add(num1, num2);
16       printf("num1과 num2의 합은 %d입니다.\n", result1);
17
18       result2 = Add(num5, num6);
19       printf("num5와 num6의 합은 %d입니다.\n", result2);
20
21       return 0;
22   }
```

▼ 결과

```
num3 : 10, num4 : 5
num1과 num2의 합은 15입니다.
num3 : 100, num4 : 50
num5와 num6의 합은 150입니다.
```

'main' 함수에서 'Add' 함수를 두 번씩 호출하고 있는데 호출 결괏값이 서로 다르다. 당연한 얘기지만 호출 시 다른 인자 값을 전달하며, 이에 따라 반환 값 역시 달라지기 때문이다.

두 번의 'Add' 함수 호출 과정을 아래 도식화하여 정리하였다.

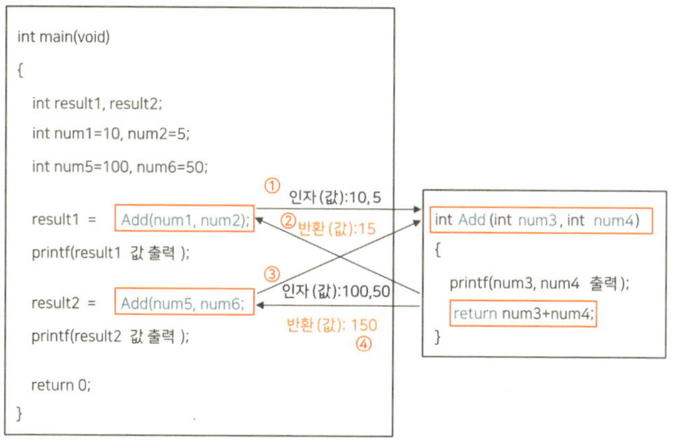

먼저, 첫 번째 'Add' 함수의 호출과정이다.

Add 함수를 호출	(15행)
'num1', 'num2' 값을 Add 함수의 인자로 전달	(15행)
Add 함수 매개변수 'num3', 'num4'에 'num1', 'num2'에서 넘어온 값을 저장	(3행)
printf함수를 통해 'num3'과 'num4' 값을 출력	(5행)
'num3'과 'num4'의 합을 결괏값으로 반환하면서 Add함수는 종료	(6행)
Add함수 종료 후 반환 값이 변수 'result1'에 저장	(15행)

이어서, 두 번째 'Add' 함수의 호출과정이다.

Add 함수를 호출	(18행)
'num5', 'num6' 값을 Add 함수이 인자로 전달	(18헹)
Add 함수 매개변수 'num3', 'num4'에 'num5', 'num6'에서 넘어온 값을 저장	(3행)
print함수를 통해 'num5'과 'num6' 값을 출력	(5행)
'num5'과 'num6'의 합을 결괏값으로 반환하면서 Add함수는 종료	(6행)
Add함수 종료 후 반환 값이 변수 'result2'에 저장	(18행)

메모리 공간에 별도로 존재하는 'Add' 함수는 'main' 함수에서 횟수에 상관없이 호출 시 동작하며, 함수가 호출될 때마다 전달인자 값에 따라서 반환값도 달라지고 있음을 확인할 수 있다.

함수 호출의 원리를 완벽하게 이해하기 위해 하나의 예제를 더 준비하였다.

앞서 다루었던 'Add' 함수와 더불어 'Multiple'이라는 함수를 만들어 보려고 한다. 함수 이름에서 유추할 수 있듯이 'Multiple' 함수는 int형 정수 2개를 입력받은 후 두 수의 곱을 반환하는 기능을 수행한다.

예제 7.3 FuncTest3.c

```c
1    #include <stdio.h>
2
3    int Add(int num1, int num2)
4    {
5        printf("num1 : %d, num2 : %d \n", num1, num2);
6        return num1+num2;
7    }
8
9    int Multiple(int num3, int num4)
10   {
11       printf("num3 : %d, num4 : %d \n", num3, num4);
12       return num3*num4;
13   }
14
15   int main(void)
16   {
17       int result1, result2;
18       int num1=10, num2=5;
19       int num3=9, num4=6;
20
21       result1 = Add(num1, num2);
22       printf("num1과 num2의 합은 %d입니다.\n", result1);
23
24       result2 = Multiple(num3, num4);
25       printf("num3과 num4의 곱은 %d입니다.\n", result2);
26
27       return 0;
28   }
```

```
num1 : 10, num2 : 5
num1과 num2의 합은 15입니다.
num3 : 9, num4 : 6
num3과 num4의 곱은 54입니다.
```

2개의 매개변수 합을 반환하는 'Add' 함수 이외에 2개의 매개변수 곱을 반환하는 'Multiple'이라는 함수를 새로이 정의하여 소스코드에 추가로 생성하였다. (9행~13행)

15행에서부터 'main' 함수가 시작되는데, 21행과 24행에 'Add' 함수와 'Multiple' 함수를 각각 호출하고 있다. 정의한 'Add' 함수와 'Multiple' 함수는 메모리상에 별도로 존재하는데, 이 함수를 호출할 때마다 함수가 정의된 메모리 공간에 접근하여 함수가 동작하고 있다.

함수 호출에 따른 실행 과정을 아래 그림에서 정리하였다.

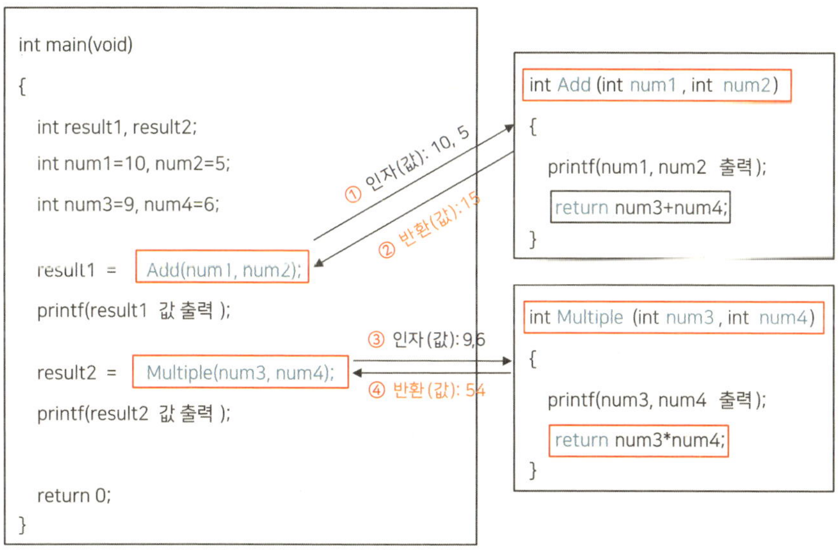

이제 함수의 호출과정이 조금씩 눈에 들어올 것이다.

이어서 22행에서 'Add' 함수 반환 값이 저장된 변수 'result1'에 값을 출력하고 있다.
25행에서 'Multiple' 함수 반환 값이 저장된 변수 'result2'에 값을 출력한 후 'main' 함수가 종료된다.

한편 위 소스코드 예제에서 기존과 다르게 구성한 부분이 있다. 'main' 함수의 변수 이름과 우리가 새로이 만든 함수의 매개변수 이름을 똑같이 선언한 점이다. 이름이 같은 두 변수는 동일한 변수일까? 아니다.

다른 함수에서 선언된 변수는 이름이 똑같더라도 서로 다른 변수이다. 실제로 두 변수는 다른 메모리 공간에 위치하고 있다. 이 개념은 뒤에서 심도 있게 다룰 예정이다.

이어서 함수를 정의하는 위치를 설명하려고 한다. 지금처럼 'main' 함수 앞부분에 함수의 선언과 정의를 위치해도 되고, 아래 예제처럼 'main' 함수 앞에서는 함수 선언만 한 채, 'main'함수 이후에 함수의 정의를 위치해 놓아도 무방하다.

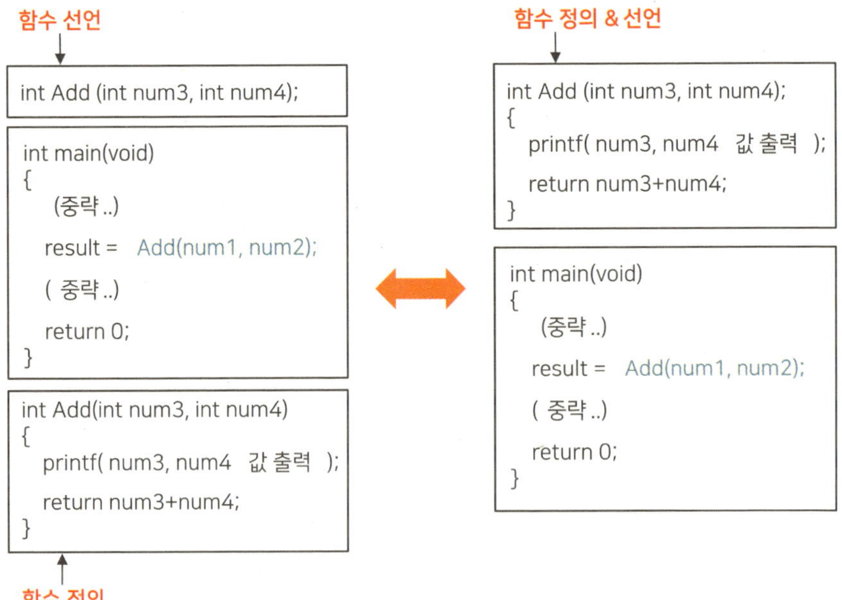

```
1    #include <stdio.h>
2
3    int Add(int num3, int num4);
4
5    int main(void)
6    {
7        int result;
8        int num1=10, num2=5;
9
10       result = Add(num1, num2);
11       printf("num1과 num2의 합은 %d입니다.\n", result);
12
13       return 0;
14   }
15
16   int Add(int num3, int num4)
17   {
18       printf("num3 : %d, num4 : %d \n", num3, num4);
19       return num3+num4;
20   }
```

함수의 종류

    함수는 전달인자와 반환 값의 유무에 따라 일반적으로 아래 4가지 종류로 구분할 수 있다. 첫 번째로 전달인자와 반환 값이 모두 존재하는 경우는 앞선 예제에서 충분히 살펴본 형태이다. 이제 우리는 나머지 경우의 함수 형태를 직접 설계하여 만들어 보자.

① 전달인자 : O, 반환 값 : O	② 전달인자 : O, 반환 값 : X

int TestFunc1 (int num)
{
    함수몸체
}
	void TestFunc2 (int num)
	{
	    함수몸체
	}

③ 전달인자 : X, 반환 값 : O	④ 전달인자 : X, 반환 값 : X

int TestFunc3 (void)
{
    함수몸체
}
	void TestFunc4 (void)
	{
	    함수몸체
	}

전달인자와 반환 값이 존재하지 않을 경우 'void'형 자료형을 사용하면 된다. 전달인자와 반환 값이 존재하는 경우 정의한 입출력 형태와 일치하는 자료형을 사용한다.

주변에서 흔히 볼 수 있는 자판기를 프로그램으로 구현하려고 한다.
여러 가지 기능 중에서 메뉴를 출력하는 기능, 자판기에 동전을 입력받는 기능, 투입된 금액을 출력하는 기능을 프로그램에 포함하려고 한다.

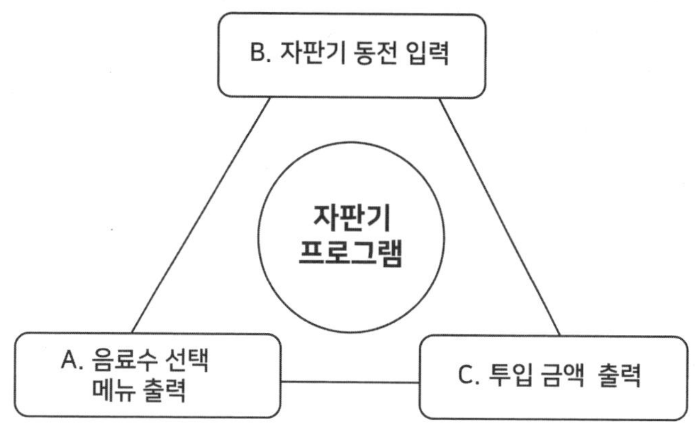

필요한 기능이 확인되었으면, 이제 함수를 설계하고 만들어볼 차례이다.

A. 음료수 선택 메뉴 출력

먼저 자판기 메뉴를 출력하는 함수를 만들어 보려고 한다.

어떠한 입출력 값도 필요치 않으며 자판기에서 제공 가능한 음료수 메뉴를 출력하기만 하면 된다. 입출력 값이 존재하지 않을 때 'void'형 자료형을 사용하는 것을 기억하자.

예제 7.5 FuncTest5.c

```
1    #include <stdio.h>
2
3    void DrinkChoice(void)
4    {
5        printf("1. 콜라 2. 사이다 3. 환타 4. 자양강장제 \n");
6    }
7
8    int main(void)
9    {
10       DrinkChoice();
11
12       return 0;
13   }
```

1. 콜라 2. 사이다 3. 환타 4. 자양강장제

자판기 메뉴를 출력하는 함수가 3행에서 6행까지 'DrinkChoice'라는 이름으로 정의되어 있다. 전달인자와 반환 값이 존재하지 않기 때문에 입출력 형태가 'void'형으로 선언되었다.

8행에서 'main' 함수가 시작되고 있다. 여러 번 언급하는 내용으로 소스코드상에 'DrinkChoice' 함수가 먼저 있어도 프로그램의 시작은 'main' 함수이다.

이어서 10행에서 'DrinkChoice' 함수를 호출하면서 음료수 선택 메뉴를 출력하고 있다. 'DrinkChoice' 함수 호출 시 전달되는 인자 값이 없으며, 함수 종료 시 반환되는 값이 없다. 그저 'printf' 함수를 통하여 음료수 메뉴를 출력하는 동작을 수행한다.

B. 자판기 동전 투입

메뉴를 확인한 다음으로 자판기에 동전을 입력받는 함수를 만들어 보려고 한
다.

예제 7.6 FuncTest6.c

```c
1    #include <stdio.h>
2
3    void DrinkChoice(void)
4    {
5        printf("1. 콜라 2. 사이다 3. 환타 4. 자양강장제 \n");
6    }
7
8    int InputCoin(void)
9    {
10       int num;
11       printf("투입 금액 : ");
12       scanf("%d", &num);
13       return num;
14   }
15
16   int main(void)
17   {
18       int num;
19       DrinkChoice();
20
21       num = InputCoin();
22
23       return 0;
24   }
```

▼ 결과

```
1. 콜라 2. 사이다 3. 환타 4. 자양강장제
투입 금액 : 1000
```

8행에서 14행까지 동전을 입력받는 'InputCoin' 함수를 추가하였다. 전달인자는 별도로 없으며, 함수 몸체에서 'scanf' 함수를 통해 입력받은 정숫값을 반환하고 있다. 필자는 '1000'을 입력하였다.

'main' 함수 내 21행에서 'InputCoin' 함수를 호출하고 있는데 'InputCoin' 함수의 반환 값이 변수 'num' 에 대입되고 있다.

여기서 잠깐! 'main' 함수에 위치한 변수 'num'과 'InputCoin' 함수에 위치한 'num'은 같은 변수일까? 아니다. 다른 함수에서 선언된 변수는 이름이 똑같더라도 서로 다른 변수임을 잊지 말자.

C. 투입 금액 출력

마지막으로 입력받은 금액이 맞는지 확인하기 위하여 투입된 금액을 출력하는 함수를 만들어 보려고 한다.

예제 7.7 FuncTest7.c

```c
1    #include <stdio.h>
2
3    void DrinkChoice(void)
4    {
5        printf("1. 콜라 2. 사이다 3. 환타 4. 자양강장제 ₩n");
6    }
7
8    int InputCoin(void)
9    {
10      int num;
11      printf("투입 금액 : ");
12      scanf("%d", &num);
13      return num;
14   }
15
16   void CheckCoin(int coin)
17   {
18       printf("자판기에 %d 원을 투입하였습니다.₩n", coin);
19   }
20
21   int main(void)
22   {
23      int num;
24      DrinkChoice();
25
26      num = InputCoin();
27      CheckCoin(num);
28
29      return 0;
30   }
```

▼ 결과

16행에서 19행까지 투입된 동전 금액을 출력하는 'CheckCoin' 함수를 추가하였다. 입력받은 금액을 함수 인자로 전달하고 있으며, 별도의 반환 값은 필요치 않다.

'main' 함수 내 27행에서 'CheckCoin' 함수를 호출하고 있는데, 전달인자로 변수 'num' 값을 사용하고 있다. 변수 'num'에는 앞서 'InputCoin' 함수의 반환 값이 저장되어 있다.

'InputCoin' 함수를 호출하면 'num'에 저장된 값 '1000'을 매개변수 'coin'에 전달해준다. 이후 입력받은 금액을 'printf' 함수를 통하여 출력하고 있다.

이로써 당초에 설계하려고 했던 메뉴를 출력하는 기능, 자판기에 동전을 입력받는 기능, 투입된 금액을 출력하는 기능을 포함한 '자판기 프로그램'을 작성해 보았다.

필자가 설명의 편의를 위해 가상의 프로그램을 만든 것처럼 여러분 스스로 임의의 프로그램을 구상하여 원하는 기능을 발휘하는 함수를 설계해 보도록 하자. 몰라보게 향상된 코딩 실력을 체감할 수 있을 것이다.

지역변수/전역변수/static 변수

앞서 다른 함수에서 선언된 변수는 이름이 같더라도 엄연히 다른 변수라고 했던 것을 기억하는가? 이번 Section에서는 변수의 선언 위치에 따라 변수를 구분해 보려고 한다.

지역변수

그동안 우리가 사용했던 변수는 지역변수(Local Variable) 이다.
C언어에서는 지역을 중괄호{ }를 기준으로 구분하는데, 이 중괄호 내에 선언되는 변수를 지역변수라고 한다. 아래는 지역변수의 2가지 주요 특징이다.

- 지역변수는 중괄호 안에서만 유효하며, 해당 지역을 벗어나면 자동으로 소멸한다.
- 지역변수는 선언된 지역이 다르면 서로 다른 변수이다.

위 지역변수 특징에 따라 서로 다른 함수에서 선언된 변수는 이름이 똑같더라도 서로 다른 변수이다. 왜냐하면, 함수에서 생성되는 변수는 함수 몸체를 이루는 중괄호{ } 내에 있기 때문이다. 아래 예제를 통해 이 같은 사실을 직접 확인해보자.

예제 7.8 FuncTest8.c

```
1    #include <stdio.h>
2
3    void TestFunc(int num)
4    {
5        num = 10;
6        printf("TestFunc 지역변수 num : %d\n", num);
```

```c
7     }
8
9     int main(void)
10    {
11        int num = 100;
12        printf("main 지역변수 num : %d\n", num);
13
14        TestFunc(num);
15        printf("main 지역변수 num : %d\n", num);
16
17        return 0;
18    }
```

▼ 결과

```
main 지역변수 num : 100
TestFunc 지역변수 num : 10
main 지역변수 num : 100
```

이번 예제에서 중요한 것은 2가지이다.

첫 번째는 함수 인자와 매개변수 사이에 전달되는 실체를 확인하는 것이다.
두 번째는 지역변수가 유효한 범위를 확인하는 것이다.

아래 그림에서 확인할 수 있듯이 'main' 함수 내 14행에서 'TestFunc' 함수를 호출하면서 인자로 'num' 값에 저장된 '100'이라는 값을 전달하고 있다. 'TestFunc' 함수의 매개변수 'num'은 '100' 값을 전달받아 저장한다. 즉, 함수를 호출하는 과정에서 인자로 변수가 사용되어도 이는 값을 전달해 준 것이지, 변수 자체가 전달 된 것이 아니다.

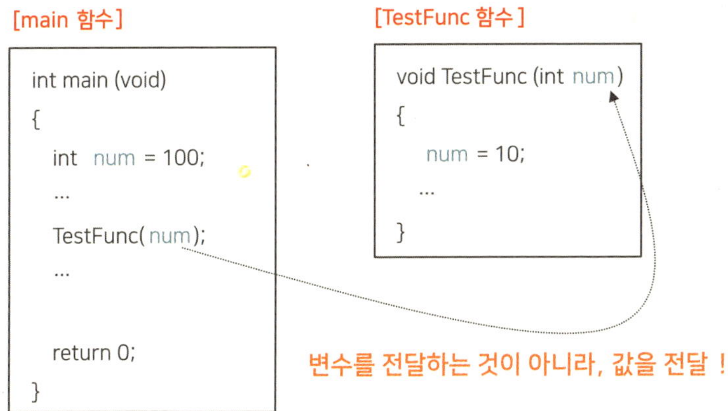

다음으로 'main' 함수에서 선언된 변수 'num'과 'TestFunc' 함수에서 선언된 변수 'num'은 아래 그림처럼 다른 메모리 공간에 생성된다는 것을 기억하자. 중괄호를 기준으로 각 함수에서 개별적으로 선언된 서로 다른 지역 변수이다.

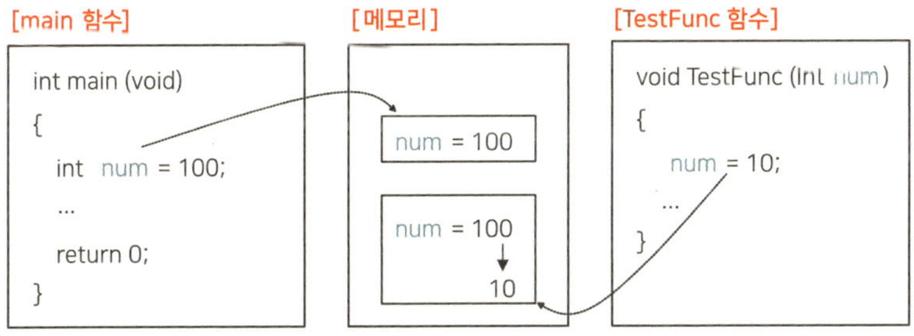

이 같은 특징을 고려하여 소스코드를 분석하여 보자.

14행의 'TestFunc' 함수 호출 과정부터 살펴보겠다. 실제로 'TestFunc' 함수 호출 시 이 함수에서 선언된 변수 'num'에는 최초 '100'으로 초기화되었을 것이다. 그런데 5행에서 'num'에 저장된 값을 '10'으로 변경하였기 때문에 6행의 실행결과 'num' 값은 '10'으로 출력이 된다.

이어서 15행에서 'main' 함수에서 선언된 변수 'num'의 값을 출력하고 있다. 소스코드 결과에서도 확인할 수 있듯이 출력 값은 당연히 '100'이 된다. 'TestFunc' 함수에서 'num'에 저장 값이 '10'으로 변경되었을지라도 이는 다른 지역에서 발생한 무관한 일이다.

'main' 함수에서 선언된 변수 'num'은 '100'으로 초기화한 이래로 값의 변경 없이 그대로 '100'이 저장되어 있다.

지금까지 함수를 통하여 지역변수 개념을 살펴보았는데, 함수 이외에 반복문, 조건문에서도 지역변수 생성 규칙은 그대로 적용된다. 아래 예제를 통하여 이 같은 사실을 확인해보자.

예제 7.9 FuncTest9.c

```
1     #include <stdio.h>
2
3     int main(void)
4     {
5        int i;
6        int num = 10;
7
8          printf("반복문 전 지역변수 num : %d\n", num);
9
10       for(i=0; i<3; i++)
11       {
12          printf("지역변수 num : %d\n", num);
14          num++;
15       }
16       printf("반복문 후 지역변수 num : %d\n", num);
17
18       return 0;
19    }
```

```
반복문 전 지역변수 num : 10
 지역변수 num : 10
 지역변수 num : 11
 지역변수 num : 12
반복문 후 지역변수 num : 13
```

위 예제에서 변수 'num'을 'main' 함수 내 6행에서 선언하였다. 이 변수 'num'
은 10행에 위치한 반복문에 진입하여도 같은 변수를 가리킨다. 'main' 함수와
별도로 새로운 중괄호가 등장하였어도 이 반복문 내에서 새롭게 선언한 변수
'num'이 없기 때문에 반복문 내에 변수 'num'은 'main' 함수에서 선언한 변수
'num'와 같다.

  이에 따라 반복문의 실행 결과 변수 'num'이 '1'씩 증가하면서 출력되고 있
다.

아래 살펴볼 예제는 앞선 예제와 비교하여 12행에서 반복문 내에 새로이 변수 'num'을 선언한 차이가 있다. 반복문에서 선언한 변수 'num'과 'main' 함수에서 선언한 변수 'num'이 어떠한 차이가 있는지 살펴보자.

예제 7.10 FuncTest10.c

```c
1    #include <stdio.h>
2
3    int main(void)
4    {
5        int i;
6        int num = 10;
7
8        printf("반복문 전 지역변수 num : %d\n", num);
9
10       for(i=0; i<3; i++)
11       {
12           int num=0;
13           printf("지역변수 num : %d\n", num);
14           num++;
15       }
16
17       printf("반복문 후 지역변수 num : %d\n", num);
18
19       return 0;
20   }
```

▼ 결과

```
반복문 전 지역변수 num : 10
지역변수 num : 0
지역변수 num : 0
지역변수 num : 0
반복문 후 지역변수 num : 10
```

이번 예제를 이해한다면 지역변수(local Variable) 개념을 확실히 다 잡을 수 있을 것이다.

비록 for문이 'main' 함수 내에 존재할지라도 for문을 반복할 때마다 중괄호 내에 진입하여 새롭게 변수 'num'을 선언하는 것으로 인식하기 때문에 총 4개의 서로 다른 변수가 메모리에 할당된다.

for문의 동작에 따라 지역변수의 생성 과정을 다음에 도식화하였다.

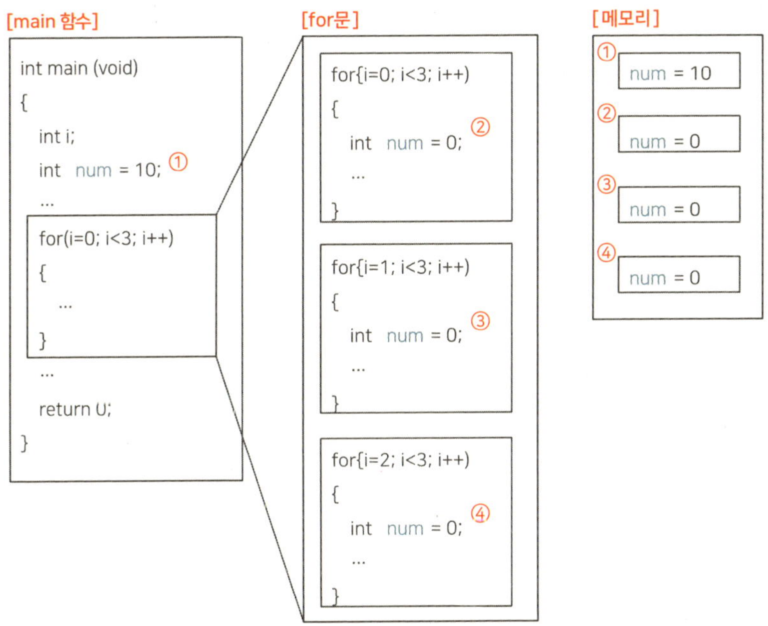

중요한 것은 for문을 반복하면서 중괄호에 진입할 때마다 새로운 변수가 메모리에 할당되고 있다. 지역변수는 선언된 지역에서만 유효한 변수라는 것을 반드시 기억하자. 실제로 지역변수는 선언된 중괄호에서 벗어나면 메모리 공간에서 소멸한다.

이제 소스코드를 하나씩 분석하여 보자.
6행에서 변수 'num'을 선언한 후 '10'으로 초기화하였다.
8행에서 변수 'num'에 저장된 값 '10'을 출력하고 있다.

10행에서 반복문에 진입하였다. 실행문이 중괄호{ } 내에 동작하면서 12행에서 새로운 지역변수를 선언한 후 '0'으로 초기화하였다. 이어서 13행에서 새롭게 선언된 변수에 저장된 값 '0'을 출력하고 있으며, 14행에서 이 값을 '1'씩 증가하고 있다.

실행되는 결과에서 확인할 수 있듯이 값을 증가하여도 12행에서 선언한 변수는 이전 반복문에서 생성한 변수와 별개의 것임을 확인할 수 있다.

마지막으로 17행에서 변수 'num'을 출력하고 있다. 이때 변수는 6행에서 선언한 변수와 같은 변수이다.

전역변수

C언어에서는 지역변수 다르게 프로그램상에서 지역에 구분 없이 어디서든 접근할 수 있는 전역변수(Global Variable)가 존재한다. 지역변수가 선언된 지역에서 탈출하고 메모리 공간에서 소멸하였다면, 전역변수는 한번 메모리 공간에 할당되면 프로그램이 종료될 때까지 메모리 공간에 존재한다.

전역변수의 2가지 주요 특징은 아래와 같다.
- 전역변수는 프로그램이 종료될 때까지 메모리 공간에 존재한다.
- 전역변수는 프로그램이 실행되는 동안 지역에 구분 없이 접근할 수 있다.

전역변수와 지역변수의 특징을 고려하여 각 변수가 저장된 메모리에 접근하는 모습을 아래 그림으로 표현하였다.

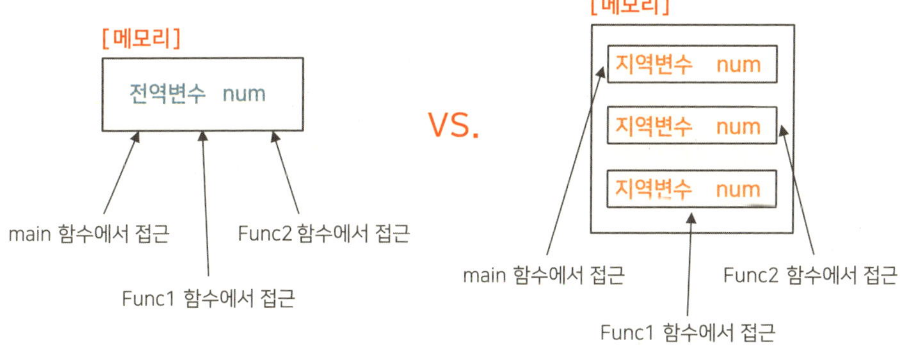

먼저 오른쪽 그림에서 지역변수 'num'이 메모리 공간에 할당되는 모습을 살펴보자. 서로 다른 지역에서 생성된 지역변수 'num'이 메모리 공간에 각기 할당되어 있다.

이와는 별도로 왼쪽 그림에서 전역변수 'num'이 메모리 공간에 할당되는 모습을 살펴보자. 프로그램이 종료될 때까지 지역에 상관없이 언제 어디서든 공통으로 선언된 전역변수 'num'에 접근하여 사용할 수 있다.

실제로 프로그램상에서 하나의 전역변수를 생성하였다면 어느 지역에서든 쉽게 전역변수에 접근할 수 있다. 단어 그대로 지역을 초월한 global 변수가 탄생한 것이다.

아래 예제를 통하여 전역변수의 생성 방법과 특징을 확인해보자.

예제 7.11 FuncTest11.c

```c
1    #include <stdio.h>
2
3    int num;
4
5    void TestFunc(void)
6    {
7        printf("전역변수 num : %d\n", num);
8        num++;
9    }
10
11   int main(void)
12   {
13       printf("전역변수 num 초깃값 : %d\n", num);
14
15       num = 5;
16
17       TestFunc();
18       TestFunc();
19       TestFunc();
20
21       return 0;
22   }
```

▼ 결과

```
전역변수 num 초깃값 : 0
전역변수 num : 5
전역변수 num : 6
전역변수 num : 7
```

전역변수의 선언은 3행에서 확인할 수 있듯이 일반 지역변수와 같다. 한 가지 다른 점은 선언되는 위치인데, 특정 함수 내에서 전역변수를 선언하는 것이 아니라 함수 외부에서 선언하고 있다. 이때 초깃값을 따로 지정하지 않았다면, '0'으로 초기화된다.

5행에서 9행까지 'TestFunc' 함수를 정의하고 있으며, 11행부터 'main' 함수가 위치한다.
이어서 17행, 18행, 19행에서 'TestFunc' 함수를 3차례 호출하고 있는데 함수가 실행되면서 전역변수의 값을 '1'씩 증가하고 있다.

소스코드 결과에서 확인할 수 있듯이 전역변수는 지역의 구분 없이 메모리 공간에 접근할 수 있기 때문에 'main' 함수와 'TestFunc' 함수가 실행되는 동안에 전역변수 'num' 값이 변화하고 있다.

각 지역에서 전역변수에 접근에 따라 메모리 공간에 저장된 값의 변화 과정을 아래 그림에 나타내었다.

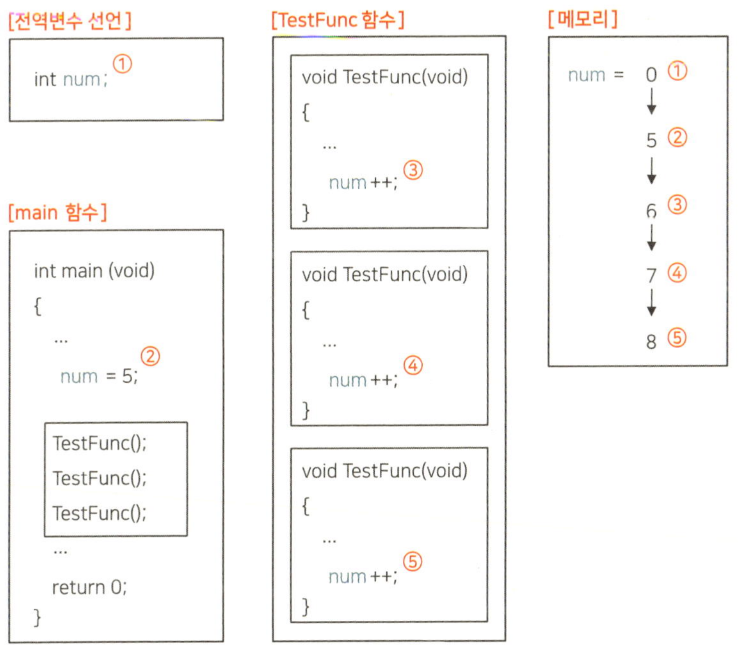

불필요하지만, 만약 전역변수를 선언하였는데 같은 이름의 지역변수를 함수 내에 선언하였다면 어떻게 될까? 이와 같은 상황이 발생하였을 경우 지역변수가 우선순위를 갖는다.

한편, 전역변수는 프로그램이 실행되는 동안 지역의 구분 없이 접근할 수 있지만 자칫 잘못 사용할 경우 변수의 데이터 관리가 안 되어 추적 자체가 불가능한 경우가 발생할 수 있기 때문에 신중히 사용해야 한다.

static 변수

우리가 일반적으로 사용하는 지역변수는 중괄호 안에서만 유효하다. 이와 별도로, 전역변수는 한번 메모리 공간에 할당되면 프로그램이 종료될 때까지 메모리 공간에 존재한다.

C언어에서는 두 변수의 특징을 합쳐서 만든 static 변수를 제공하고 있다. 지역변수 앞에 static 선언을 해주게 되면 static 선언을 수행한 해당 지역에서는 전역변수처럼 프로그램이 실행되는 동안 자유롭게 접근하여 사용할 수 있게끔 기능을 발휘하고 있다.

static 변수의 2가지 주요 특징은 아래와 같다.

- static 변수는 선언된 함수 내에서만 유효하다. (지역변수 특징)
- static 변수는 프로그램이 종료될 때까지 메모리 공간에 존재한다. (전역변수 특징)

아래 예제를 통하여 static 변수의 생성 방법과 특징을 확인해보자.

예제 7.12 FuncTest12.c

```
1       #include <stdio.h>
2
3       void TestFunc1(void)
```

```c
4    {
5        int num = 0;
6        printf("지역변수 num : %d\n", num);
7        num++;
8    }
9
10   void TestFunc2(void)
11   {
12       static int num = 0;
13       printf("static변수 num : %d\n", num);
14       num++;
15   }
16
17   int main(void)
18   {
19       TestFunc1();
20       TestFunc1();
21       TestFunc1();
22
23       TestFunc2();
24       TestFunc2();
25       TestFunc2();
26
27       return 0;
28   }
```

▼ 결과

```
지역변수 num : 0
지역변수 num : 0
지역변수 num : 0
static변수 num : 0
static변수 num : 1
static변수 num : 2
```

3행에서 8행까지 'TestFunc1' 함수가 정의되고 있으며, 함수 내에 지역변수 'num'이 선언되어 있다.

10행에서 15행까지 'TestFunc2' 함수가 정의되고 있는데, 눈여겨볼 점은 'TestFunc2' 함수 내에는 static 변수 'num'이 선언되어 있다.

이어서 17행부터 'main' 함수가 위치하는데, 19행~21행에서 'TestFunc1' 함수를 23행~25행에서 'TestFunc2' 함수를 각각 3차례씩 호출하고 있다.

실행결과에서 확인할 수 있듯이 'TestFunc1' 함수를 호출할 때마다 'num'이 지역변수로 선언되어 있기 때문에 3차례 함수를 호출하여도 'num' 값이 모두 '0'으로 출력된다. 지역변수는 선언된 지역에서만 유효한 변수이기 때문이다.

그런데 'TestFunc2' 함수를 호출한 경우 'num'값은 증가연산자에 따라서 '1'씩 증가하여 출력되고 있다. 변수 'num'이 static 변수로 선언되어 있기 때문에 'TestFunc2' 함수 내에서는 전역변수처럼 지역에 상관없이 언제 어디서든 변수 'num'에 접근할 수 있다.

소스코드 결과에서 확인할 수 있듯이 static 선언을 통하여 프로그램 내 특정 지역에서 지역변수를 전역변수처럼 활용하는 것이 가능하다.

배열

배열

이제부터 학습할 내용은 배열(Array) 이다. 배열은 그 사전적 의미 그대로
같은 자료형 데이터를 관리하기 쉽도록 하나로 묶는 일을 의미한다.

배열의 개념

  배열의 필요성을 체감하기 위해 한 가지 예를 준비하였다.
출판사 학교에서 전교 300명 학생을 대상으로 coding 수준 진단 시험을 시행
하였다. 이제 시험결과를 바탕으로 순위를 매기고, 평균을 구하여 학생들의
수준을 알아보려고 한다.

  지금까지 우리가 배운 내용을 활용하여 어떻게 진단 결과를 작성할 수 있을
까? 먼저 학생성적을 저장하도록 300개의 변수를 생성한 후 300번의 입력 과
정을 거쳐야 한다. 어렵사리 성적 입력 작업이 끝났다면 이제 입력된 데이터
를 가지고 순위를 매기고 평균을 구해야 한다. 이를 위하여 입력된 데이터를
일일이 비교하고 정리해야 한다. 가능은 하지만 복잡하다.
특히 데이터 규모가 커질수록 관리하기 번거로운데 C언어에서는 이같이 동
일한 자료형 변수들을 손쉽게 관리하도록 배열이라는 이름의 집합체를 제공
하고 있다.

  배열은 같은 자료형의 변수들을 하나의 집합으로 묶어 관리할 수 있다. 배열
은 메모리에 저장된 데이터를 순차적으로 접근할 수 있기 때문이다. 이를 통
하여 배열 내에서 순위, 평균 구하기 등 필요한 자료의 편집이 쉬워 진다.
실제로 배열은 자료의 효율적 관리를 위한 정렬, 분류, 탐색이 가능한 유용한
tool(툴) 이다.

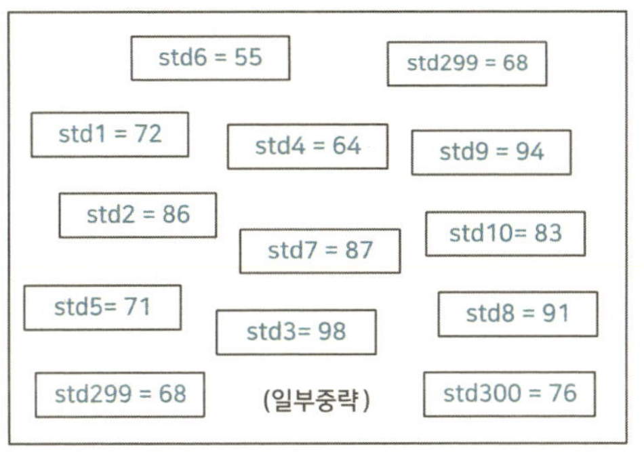

Index	값
1	72
2	86
3	98
4	64
5	71
6	55
7	87
...	...
299	68
300	76

배열의 생성

배열의 생성 방법에 대해 알아보려고 한다. 배열의 선언과 초기화 방식은 변수와 유사하다.

변수 생성에 사용했던 구성 요소(자료형, 이름, 초깃값)를 그대로 사용하며, '길이'라는 새로운 요소만 추가되었다. 배열에서 길이는 저장된 데이터들의 개수를 의미한다.

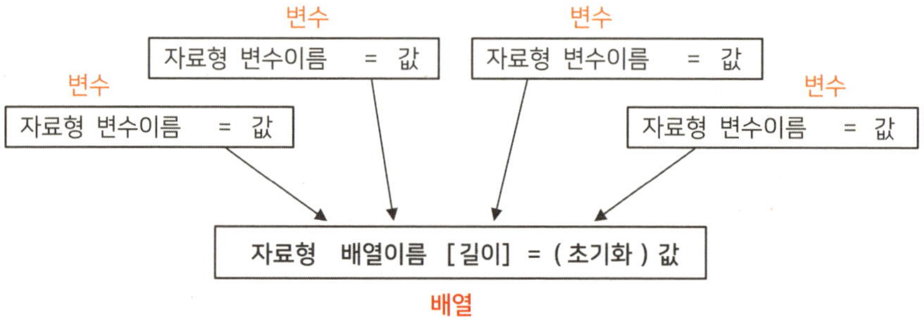

유사한 성격의 다수 데이터에 접근하여 필요한 정보를 얻고자 할 때, 개별적으로 변수를 생성하는 것보다 배열로 한 데 묶어서 관리하는 것이 정보를 산출하는데 훨씬 효과적이다.

아래 그림은 각자 생성된 5개의 변수를 하나의 배열에 묶어서 선언과 초기화하는 모습이다.

이렇게 배열의 생성을 통하여 int형 자료형 변수 5개를 저장할 수 있는 메모리 공간을 확보하여, '2', '4', '6', '8', '10' 데이터를 순차적으로 저장하게 되는 것이다.

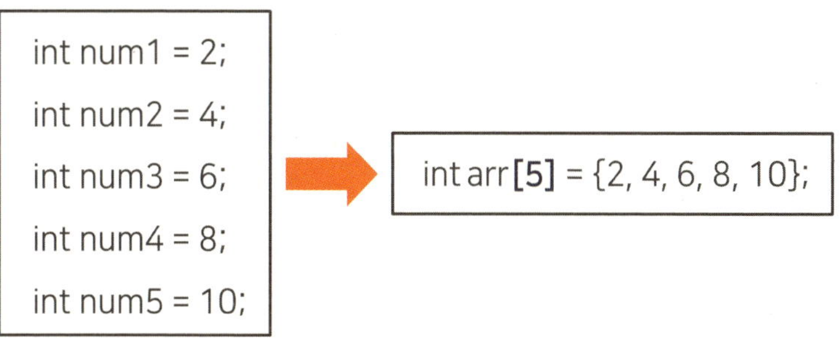

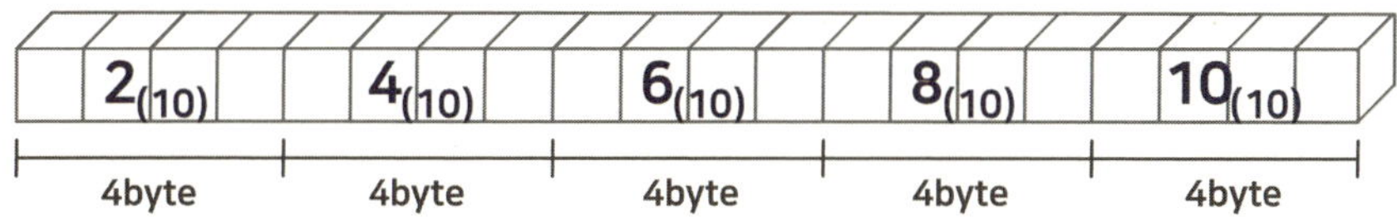

수를 생성하여 데이터를 저장하게 되면 메모리 공간에 저장되는 위치가 제각각이다. 이에 반해 위에 그림처럼 배열을 생성하면 데이터를 메모리 공간에 순차적으로 저장할 수 있다. 이를 통하여 쉽게 데이터에 접근하여 자료를 관리할 수 있게 된다.

한편 배열에서 'index'라는 새로운 개념이 등장한다. 바로 이 index가 배열에 저장된 요소에 접근하기 위해 사용되는 일종의 배열 내 위치 정보이다. 한 가지 특이한 것은 index의 시작은 '1'이 아니라 '0'이라는 점이다.

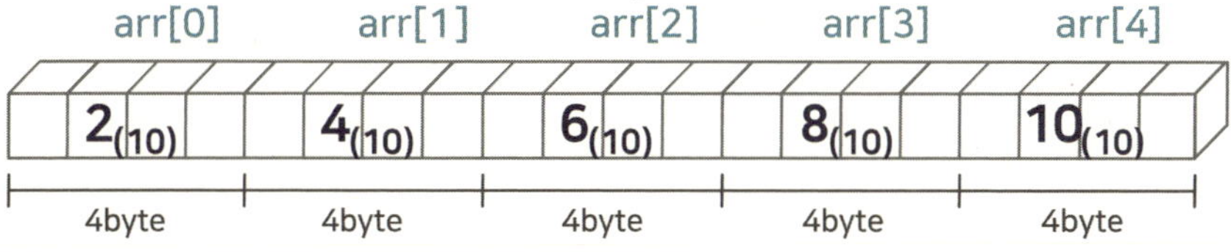

아래 예제를 통하여 이제 소스코드 상에서 배열을 직접 생성하여 보자.

예제 8.1 ArrayTest1.c

```
1    #include <stdio.h>
2
3    int main(void)
4    {
5       int i=0;
6       int arr[5] = {2, 4, 6, 8, 10};
7
8       while(i<5)
9       {
10         printf("%d 번째 index 배열 값 ; %d\n", i, arr[i]);
11         i++;
12      }
13
14      return 0;
15   }
```

▼ 결과

```
0 번째 index 배열 값 : 2
1 번째 index 배열 값 : 4
2 번째 index 배열 값 : 6
3 번째 index 배열 값 : 8
4 번째 index 배열 값 : 10
```

6행에서 'arr'라는 이름의 배열을 생성하였는데, int형 자료형 변수 5개를 저장할 수 있는 메모리 공간을 확보하여 '2', '4', '6', '8', '10'을 순차적으로 저장하였다.

이어서 8행에서 반복문이 등장하는데, 배열 요소들의 순차적 접근을 위해서 필요한 것이 반복문이다. 반복문이 동작하면 배열 index를 통하여 각 요소에 저장된 값들을 출력하고 있다.

이어서 살펴볼 내용은 배열의 초기화 부분이다. 배열의 초기화는 여러 형태로 가능한데 예제를 통해서 직접 초기화하는 방식을 살펴보자.

예제 8.2 ArrayTest2.c

```
1    #include <stdio.h>
2
3    int main(void)
4    {
5        int i;
6        int arr1[5] = {2, 4, 6, 8, 10};
7        int arr2[ ] = {3, 6, 9, 12, 15, 18};
8        int arr3[7] = {4, 8};
9
10       printf("배열 arr1 출력 : ");
11       for(i=0; i<5; i++)
12           printf("%d ",arr1[i]);
13
14       printf("\n배열 arr2 출력 : ");
15       for(i=0; i<6; i++)
16           printf("%d ",arr2[i]);
17
18       printf("\n배열 arr3 출력 : ");
19       for(i=0; i<7; i++)
20           printf("%d ",arr3[i]);
21
22       return 0;
23   }
```

▼ 결과

```
배열 arr1 출력 : 2 4 6 8 10
배열 arr2 출력 : 3 6 9 12 15 18
배열 arr3 출력 : 4 8 0 0 0 0 0
```

배열 선언 시 초기화한 값을 출력하는 소스코드이다. 주목할 것은 6행, 7행과 8행에서 진행한 초기화 방식이다.

- 6행 : 배열 선언 시 길이와 초기화 데이터 수가 일치
- 7행 : 배열 선언 시 길이를 생략하여도 초기화 데이터 개수만큼 길이를 자동으로 부여
- 8행 : 배열 선언 시 길이가 초기화 데이터보다 많을 경우 나머지를 '0' 값으로 초기화

소스코드 결과에서 확인할 수 있듯이 배열의 초기화는 반드시 따라야 할 규칙이 따로 없으며 상대적으로 유연하게 설정할 수 있다.

이후 3개의 반복문을 통하여 3개 배열에 저장된 요소들의 값을 출력하고 있다. 다시 한번 강조하지만, 배열에 저장된 요소들을 손쉽게 접근하는 데 필요한 것이 반복문이다.

만약 아래처럼 배열 선언 시 길이보다 데이터 수가 많을 경우 어떻게 되는지 확인해보자.

```
int arr4[8] = {5, 10, 15, 20, 25, 30, 35, 40, 45}
```

한편 배열의 요소들에 접근할 때 반복문을 통한 순차적인 접근뿐만 아니라 index를 이용하여 개별 요소들에 대한 접근도 가능하다.

아래 예제를 통해 이 같은 사실을 확인해 보기 전에 배열의 한 가지 특징을 추가로 소개하려고 한다. 앞서 변수를 학습할 때 변수는 데이터의 변경이 언제든지 가능하다고 배웠다. 이러한 특징은 변수가 배열의 요소로 사용되었을 때에도 동일하게 적용된다. 즉 배열 요소들에 접근하여 저장된 데이터의 변경이 가능하다.

다시 예제로 돌아가 index를 이용하여 개별 요소에 접근하여 저장된 데이터를 변경해보자.

예제 8.3 ArrayTest3.c

```
1       #include <stdio.h>
2
3       int main(void)
4       {
5           int i, length;
6           int arr[ ] = {2, 4, 6, 8, 10};
7
8           length = sizeof(arr) / sizeof(int);
9
10          printf("변경 전 배열 arr 출력 : ");
11          for(i=0; i<length; i++)
12              printf("%d ", arr[i]);
13
14          arr[0]=3, arr[1]=6, arr[2]=9, arr[3]=12, arr[4]=15;
15
16          printf("\n변경 후 배열 arr 출력 : ");
17          for(i=0; i<length; i++)
18              printf("%d ", arr[i]);
19
20          return 0;
21      }
```

▼ 결과

```
변경 전 배열 arr 출력 : 2 4 6 8 10
변경 후 배열 arr 출력 : 3 6 9 12 15
```

6행에서 배열 선언 시 길이를 생략한 채로 초기화하였다.

배열을 사용하다 보면 이렇게 길이를 생략한 채로 초기화하거나 때로는 많은 수의 요소들이 존재하여 그 개수를 파악하기 쉽지 않은 경우가 발생한다.

이럴 경우 8행에서처럼 sizeof 연산자를 활용하여 배열 요소들의 개수를 파악할 수 있다.

배열 요소들의 개수 = 전체 배열 크기 ÷ 자료형 크기

전체 배열 크기에서 자료형 크기를 나눈 값이 요소들의 개수이다. 8행의 연산식은 앞으로 배열을 학습하면서 계속하여 유용하게 사용될 것이다.

이어서 14행에서 배열 개별 요소들에 접근하여 저장되는 값을 변경해 보았다.
변경 전후 실행결과를 통하여 index를 통하여 개별 요소들에 대한 접근도 가능하다는 것을 확인해 보았다.

지금까지 배열의 기본 개념과 생성 방법을 살펴보았다. 정리 차원에서 도입부에서 소개한 coding 수준 진단 예제를 소스코드로 구현해보려고 한다.
학생들의 성적을 입력받은 후 평균을 계산하여 학생들의 코딩 수준을 파악할 예정이다.

예제 8.4 ArrayTest4.c

```
1    #include <stdio.h>
2
3    int main(void)
4    {
5        int i, sum=0;
6        double aver=0;
7        int arr[10];
8
9        for(i=0; i<10; i++)
10       {
```

```
11          printf("%d번 학생 성적 입력 : ", i+1);
12          scanf("%d", &arr[i]);
13      }
14
15      for(i=0; i<10; i++)
16          sum+=arr[i];
17
18      aver=(float)sum/10;
19
20      printf("시험 평균 : %lf \n", aver);
21
22      return 0;
23  }
```

▼ 결과

```
1번 학생 성적 입력 : 100
2번 학생 성적 입력 : 95
3번 학생 성적 입력 : 90
4번 학생 성적 입력 : 85
5번 학생 성적 입력 : 80
6번 학생 성적 입력 : 75
7번 학생 성적 입력 : 70
8번 학생 성적 입력 : 65
9번 학생 성적 입력 : 60
10번 학생 성적 입력 : 55
시험 평균 : 77.500000
```

5행에서 int형 변수 'i'와 'sum'을 생성하였다.

6행에서 평균값을 저장하는 double형 변수 'aver'를 선언하였다. 평균값은 소수점이 발생할 수 있기 때문에 double 형 변수로 선언한 점을 눈여겨보자.

7행에서 10명의 학생 성적을 저장하는 배열 'arr'를 선언하였다.

9행에서 13행까지 반복문을 통하여 학생들의 성적을 입력받아 배열에 저장하고 있다. 이때 배열의 각 요소는 변수와 같은 방식으로 scanf 함수를 통하여 데이터를 입력받고 있다.

이어서 15행에서 16행까지 반복문을 통하여 배열 요소의 총합을 변수 'sum'
에 저장하였다.

18행에서는 10명 학생의 평균을 구하기 위해 앞서 계산한 총합을 학생 수로
나누었다.

이때 주목할 것은 'sum/10'은 정수형 자료형이기 때문에 소수점까지 표현이
불가능하다. 따라서 실수형 값을 표현하기 위해 float 형으로 '형 변환'이라는
것을 수행하였다. 이는 최초 변수 선언 시 지정한 자료형과 다른 자료형을 표
현하기 위하여 사용된다.

Section 8-3
문자열 배열

프로그램을 구현하다 보면 숫자뿐만 아니라 문자 데이터에 대한 처리도 필
요하다. 이번 section에서는 문자 데이터의 표현방법에 대하여 학습해보려고
한다.

컴퓨터는 '0'과 '1' 두 가지 숫자로 데이터를 표현하는 이진법을 사용하는데,
어떻게 컴퓨터가 문자를 이해할 수 있을까? 이를 위해서 미국 표준 협회에서
ASCII 코드라는 규약을 만들어 문자를 이에 대응하는 이진수로 변환하여 컴
퓨터가 이해할 수 있도록 코드 체계를 만들었다. 아래 표는 십진수 형태로 표
시한 ASCII 코드이다.

ASCII 코드표

10진수	문자	10진수	문자	10진수	문자	10진수	문자
0	NULL	32	SP	64	@	96	`
1	SOH	33	!	65	A	97	a
2	STX	34	"	66	B	98	b
3	ETX	35	#	67	C	99	c
4	EOT	36	$	68	D	100	d
5	ENQ	37	%	69	E	101	e
6	ACK	38	&	70	F	102	f
7	BEL	39	'	71	G	103	g
8	BS	40	(	72	H	104	h
9	HT	41	)	73	I	105	i
10	LF	42	*	74	J	106	j
11	VT	43	+	75	K	107	k
12	FF	44	,	76	L	108	l
13	CR	45	-	77	M	109	m
14	SO	46	.	78	N	110	n
15	SI	47	/	79	O	111	o
16	DLE	48	0	80	P	112	p
17	DC1	49	1	81	Q	113	q
18	DC2	50	2	82	R	114	r
19	DC3	51	3	83	S	115	s
20	DC4	52	4	84	T	116	t
21	NAK	53	5	85	U	117	u
22	SYN	54	6	86	V	118	v
23	ETB	55	7	87	W	119	w
24	CAN	56	8	88	X	120	x
25	EM	57	9	89	Y	121	y
26	SUB	58	:	90	Z	122	z
27	ESC	59	;	91	[	123	{
28	FS	60	<	92	\	124		
29	GS	61	=	93	]	125	}
30	RS	62	>	94	^	126	~
31	US	63	?	95	_	127	DEL

참고로 ASCII 코드는 영문자와 일부 기호만을 포함하고 있다. 이에 따라 전 세계의 언어를 표현하기 위해 '유니코드' 방식이 등장하였다.

이렇게 ASCII 코드를 통하여 변환된 이진수 값을 컴퓨터가 문자 데이터로 인식하게 된다.

　그런데 한 가지 의문이 들지 않는가? 예를 들어 컴퓨터가 '1000001(2)'이라는 이진수 값을 처리하려고 한다. 컴퓨터 입장에서 바라봤을 때 이 이진수 값이 문자 'A'를 표현하려고 하는 것인지 숫자 '65'를 표현한 값인지 어떻게 구분할 수 있는 것일까?

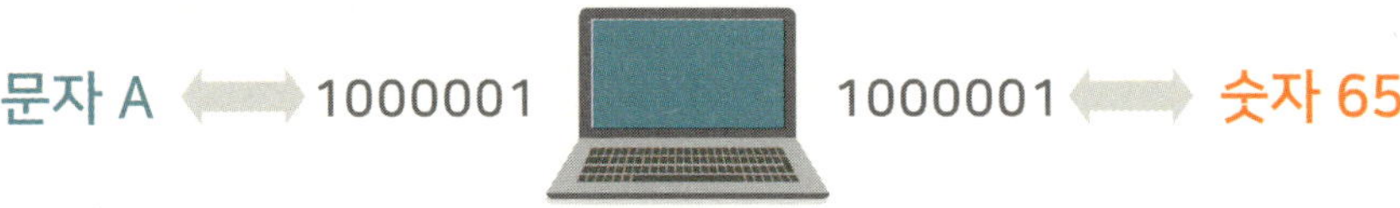

　다시 말해 처리하려는 이진수 값이 문자가 변환된 이진수 값인지 애당초 숫자를 표현하려고 생성된 이진수 값인지 구별이 필요하다.

　이때 필요한 것이 chapter 3에서 한 차례 다루었던 서식문자이다. C언어에서 이 서식문자를 통하여 처리하려는 데이터의 형태를 구분한다. 이번 chapter를 학습하는데 필요한 서식문자와 그 형태를 아래 표에 소개하였다.

서식문자	형태	서식문자	형태
%d	10진수 정수	%c	문자
%f	10진수 실수	%s	문자열

서식문자를 통한 데이터의 구분을 이해하기 위해 아래 예제를 실행해보자.

예제 8.5 ArrayTest5.c

```c
1    #include <stdio.h>
2
3    int main(void)
4    {
5        char ch1 = 'A';
6        char ch2 = 65;
7
8        printf("ch1 정수 형태 출력 : %d \n", ch1);
9        printf("ch1 문자 형태 출력 : %c \n", ch1);
10
11       printf("ch2 정수 형태 출력 : %d \n", ch2);
12       printf("ch2 문자 형태 출력 : %c \n", ch2);
13
14       return 0;
15   }
```

▼ 결과

```
ch1 정수 형태 출력 : 65
ch1 문자 형태 출력 : A
ch2 정수 형태 출력 : 65
ch2 문자 형태 출력 : A
```

5행에서 char형 자료형 변수 'ch1'을 생성하였으며, 초깃값으로 'A'를 저장하
였다. 문자의 표현을 위하여 작은 따옴표(' ')가 사용되었음을 눈여겨보자.
6행에서 char형 자료형 변수 'ch2'을 생성하였으며, 초깃값으로 '65'를 저장하
였다.

이제 저장된 데이터를 서식문자를 달리하여 출력하여 보자.
8행에서 'ch1'에 저장 값을 정수 형태로 출력하기 위해서 서식문자 '%d'가 사
용되었다.

9행에서 'ch1'에 저장 값을 문자 형태로 출력하기 위해서 서식문자 '%c'가 사용되었다.

11행에서 'ch2'에 저장 값을 정수 형태로 출력하기 위해서 서식문자 '%d'가 사용되었다.

12행에서 'ch2'에 저장 값을 문자 형태로 출력하기 위해서 서식문자 '%c'가 사용되었다.

여기서 중요한 것은 변수 'ch1'과 'ch2'를 각각 문자와 숫자 형태로 초기화하였어도 실제로 메모리에 저장되는 값은 '1000001(2)'로 같다는 것이다. 이에 따라 'ch1'과 'ch2'에 같은 서식문자를 사용할 경우 동일한 값이 출력됨을 확인할 수 있다.

이번에는 두 변수를 서로 다른 자료형으로 선언하였을 때 어떠한 결과 보이는지 아래 예제를 통하여 확인해보자.

예제 8.6 ArrayTest6.c

```
1    #include <stdio.h>
2
3    int main(void)
4    {
5       char ch1 = 'A';
6       int ch2 = 65;
7
8       printf("ch1 정수 형태 출력 : %d ₩n", ch1);
9       printf("ch1 문자 형태 출력 : %c ₩n", ch1);
10
11      printf("ch2 정수 형태 출력 : %d ₩n", ch2);
12      printf("ch2 문자 형태 출력 : %c ₩n", ch2);
13
14      return 0;
15   }
```

```
ch1 정수 형태 출력 : 65
ch1 문자 형태 출력 : A
ch2 정수 형태 출력 : 65
ch2 문자 형태 출력 : A
```

5행에서 char형 자료형 변수 'ch1'을 생성하였으며, 초깃값으로 'A'를 저장하였다.

6행에서 int형 자료형 변수 'ch2'을 생성하였으며, 초깃값으로 '65'를 저장하였다.

이제 저장된 데이터를 서식문자를 달리하여 출력하여 보자.

8행에서 'ch1'에 저장 값을 정수 형태로 출력하기 위해서 서식문자 '%d'가 사용되었다.

9행에서 'ch1'에 저장 값을 문자 형태로 출력하기 위해서 서식문자 '%c'가 사용되었다.

11행에서 'ch2'에 저장 값을 정수 형태로 출력하기 위해서 서식문자 '%d'가 사용되었다.

12행에서 'ch2'에 저장 값을 문자 형태로 출력하기 위해서 서식문자 '%c'가 사용되었다.

자료형을 달리하여 변수 'ch1'과 'ch2'를 생성하였어노 메모리에 저장되는 값은 '1000001(2)'으로 같다. 자료형은 데이터 저장을 위해 메모리의 공간 확보만을 담당하기 때문이다.

또한, 이전 예제와 마찬가지로 'ch1'과 'ch2'에 같은 서식문자를 사용할 경우 동일한 값이 출력됨을 확인할 수 있다.

위에 두 개의 예제를 통해 문자 데이터 표현방법과 서식문자를 학습해 보았다. 이와 더불어 자료형도 살펴보았는데, 문자 데이터 표현 시 통용되는 자료형을 소개하려고 한다.

아래 표에서 확인할 수 있듯이 char 자료형을 통해서 충분히 ASCII 코드의 문자 값 표현이 가능하다.

구분	자료형	크기	표현 범위
정수형	char	1 byte	-128 ~ +127
	short	2 byte	-32,768 ~ +32,797
	int	4 byte	-2,147,483,648 ~ +2,147,483,647
	long	4 byte	-2,147,483,648 ~ +2,147,483,647

문자 데이터를 표현하는데 굳이 더 큰 범위의 자료형을 이용하여 메모리 자원을 낭비할 필요가 없기 때문에 앞으로 문자 데이터를 표현하기 위해서는 char 자료형을 사용할 것이다.

지금까지 C언어에서 문자 데이터를 표현하는 방식에 대해서 살펴보았다.

이어서 살펴볼 내용은 문자의 집합으로 이루어진 단어와 문장을 표현하는 방식이다.

아래 예제에서 그동안 배운 내용을 토대로 'H', 'e', 'l', 'l', 'o' 문자로 구성된 'Hello' 단어를 출력하려고 한다.

예제 8.7 ArrayTest7.c

```
1    #include <stdio.h>
2
3    int main(void)
4    {
5        char ch1='H', ch2='e', ch3='l', ch4='l', ch5='o';
6
7        printf("%c%c%c%c%c\n", ch1, ch2, ch3, ch4, ch5);
8
9        return 0;
10   }
```

> Hello

5행에서 char형 변수 5개를 선언하여 각 변수에 'H', 'e', 'l', 'l', 'o'를 저장하였다. 실제로 이 변수는 메모리 공간 내에서 제각기 위치해있다.
7행에서 'printf' 함수를 통하여 문자가 저장된 변수를 차례로 출력하고 있다. 문자 데이터 출력을 위해 서식문자 '%c'가 사용되었다.

이렇게 단어나 문장을 표현하기 위해 개별적으로 변수를 생성하여 표현할 수도 있으나 표현하려는 문자 수가 많을 경우 이를 일일이 생성하여 사용하는 것이 번거롭다.

이 대목에서 배열의 장점을 떠올려보자.
배열은 동일한 자료형의 변수들을 하나의 집합으로 묶어 관리할 수 있다고 하였다.

이 같은 특징은 char형 변수에도 마찬가지로 적용된다. 즉 문자가 저장된 char형 변수들 배열 형태로 묶어서 단어나 문장을 표현할 수 있다. 이렇게 문자가 담긴 배열을 문자열 배열이라고 일컫는다.

다른 형태 배열과 마찬가지로 문자열 배열도 개별 요소들에 대한 접근과 변경을 할 수 있으며 선언 방식도 같다.

다만 앞서 배운 정수형 배열과 다르게 문자열 배열을 생성할 때 문자열 종료를 나타내는 'null' 문자가 자동으로 삽입된다. 배열에서 'null' 문자는 어떠한 의미 없이 문자열의 종료를 표시하기 위해서만 사용된다.

아래는 'H', 'e', 'l', 'l', 'o', '!' 문자를 배열로 생성하였을 메모리 모습을 나타내고 있다.
1byte 크기의 char형 변수 6개와 'null' 문자가 메모리 공간에 순차적으로 저장되어있다.

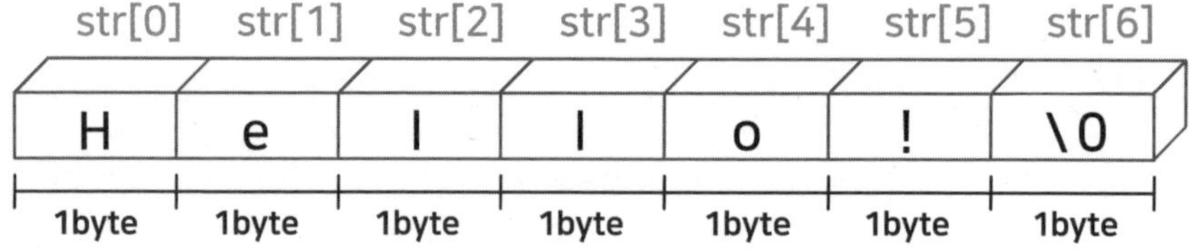

이제 아래 예제를 통하여 문자열 배열을 직접 만들어보자.

예제 8.8 ArrayTest8.c

```c
1    #include <stdio.h>
2
3    int main(void)
4    {
5        char str[ ]="Hello!";
6
7        printf("str 출력 : %s \n", str);
8        printf("str 크기 : %d \n", sizeof(str));
9
10       str[1]='a';
11       printf("str 출력 : %s \n", str);
12
13       return 0;
14   }
```

▼ 결과

```
str 출력 : Hello!
str 크기 : 7
str 출력 : Hallo!
```

5행에서 'str'이라는 이름으로 char형 배열을 선언하였으며, 이때 문자 'H', 'e', 'l', 'l', 'o', '!' 로 초기화하였다. 7행에서 'printf' 함수를 사용하여 배열 'str'에 저장된 데이터를 출력하고 있는데, 한 가지 눈여겨볼 것은 문자열을 출력하기 위해 서식문자 '%s'가 사용된 점이다.

서식문자	형태	서식문자	형태
%d	10진수 정수	%c	문자
%f	10진수 실수	%s	문자열

8행에서 배열 'str' 크기를 sizeof 연산자를 통해 나타내고 있다. 분명 'H', 'e', 'l', 'l', 'o', '!' 총 6개의 문자만을 저장하였으나 배열의 크기는 7byte이다. 앞서 설명하였듯이 문자열 종료를 의미하는 'null' 문자가 자동으로 삽입되었기 때문이다.

이어서 10행에서 배열의 index를 활용하여 문자열 배열의 두 번째 요소에 접근하여 저장된 데이터를 변경하였으며, 11행에서 변경된 문자열을 출력하고 있다. 배열 index의 시작은 '1'이 아니라 '0'이라는 것을 잊지 말자.

다음으로 단어가 아닌 문장을 표현하는 예제를 다루어 보려고 한다. 문장 역시 문자열 배열을 통하여 표현할 수 있는데 염두에 둬야 할 것은 문장은 공백을 포함하고 있다는 것이다.

예제 8.9 ArrayTest9.c

```
1    #include <stdio.h>
2
3    int main(void)
4    {
5        char str[ ]="I like U";
6
7        printf("str 출력 : %s \n",str);
8        printf("str 크기 : %d \n", sizeof(str));
9
10       return 0;
11   }
```

```
str 출력 : I like U
str 크기 : 9
```

5행에서 char형 배열 'str'을 선언하였으며, 이때 문자 'I', ' ', 'l', 'i', 'k', 'e', ' ', 'U'
로 초기화하였다. 특이한 점은 문자 사이의 공백도 하나의 문자로 취급되어
문장을 이루고 있다. 실제로 ASCII 코드 상에서 '32'가 공백을 의미한다.

7행에서 'printf' 함수를 사용하여 배열 'str'에 저장된 데이터를 출력하고 있다.

8행에서 배열 'str' 크기를 sizeof 연산자를 통해 나타내고 있다. 8개의 문자와
'null' 문자를 포함하여 배열의 크기는 9byte이다.
아래는 메모리 공간에 순차적으로 데이터를 저장하는 문자열 배열의 모습을
나타내고 있다.

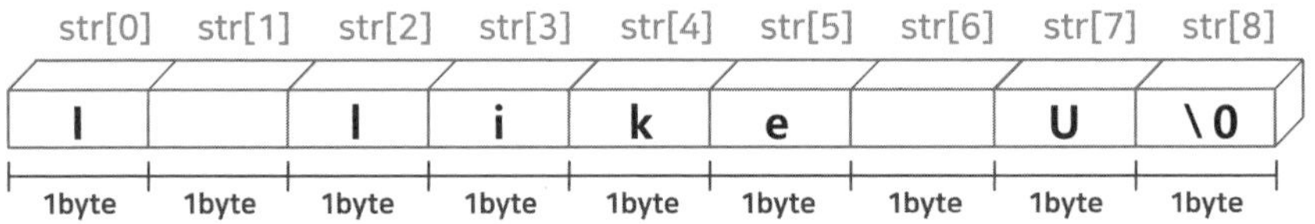

배열의 마지막으로 문자열을 입력받는 방법을 학습해보자.

그동안 데이터의 입력을 위해 사용한 대표적인 표준함수가 'scanf' 함수이다.
사실 'scanf' 함수는 문자열을 표현하는데 제약이 있는데, 아래 예제를 통해서
이를 직접 확인해보자.

예제 8.10 ArrayTest10.c

```
1      #include <stdio.h>
2
3      int main(void)
4      {
5          char str[10];
6          scanf("%s", str);
7
8          printf("str 출력 : %s \n",str);
9
10         return 0;
11     }
```

▼ 결과1

```
str 출력 : Hello
```

5행에서 char형 배열 'str'을 선언하였다.
6행에서 scanf 함수를 통하여 문자열을 입력받는데, 필자는 'Hello'를 입력하였다.

 한 가지 눈여겨볼 점은 char형 배열을 선언 후 문자열을 입력받을 때는 변수와 다르게 메모리 주소를 반환하는 '&' 연산자가 포함되지 않았다. 배열 이름 그 자체가 배열의 주솟값을 의미하기 때문인데 자세한 내용은 다음 장에서 학습하기로 하자.

scanf("서식문자" , &문자열 배열); vs. scanf("서식문자" , 문자열 배열);

8행에서 'printf' 함수를 사용하여 배열 'str'에 저장된 데이터가 정상적으로 출력되었음을 확인할 수 있다.
이어서 소스코드를 다시 한번 실행시켜 보자.

▼ 결과 2

```
str 출력 : I
```

5행에서 char형 배열 'str'을 선언하였다.

6행에서 scanf 함수를 통하여 문자열을 입력받는데, 필자는 'I like U'를 입력하였다.

이어서 8행에서 'printf' 함수를 사용하여 배열 str에 저장된 데이터를 출력하고 있는데 예상치 못한 결과가 나왔다. 입력한 'I like U' 중에서 'I' 밖에 출력되지 않았다.

왜 그럴까? 바로 'scanf' 함수의 제약 때문인데, 'scanf' 함수는 입력 데이터의 구분을 공백으로 기준 짓기 때문이다. 이에 따라 공백이 포함되지 않는 'Hello'는 정상적으로 모든 문자 데이터가 입력되지만, 공백이 포함된 'I like U'는 오로지 'I' 한 문자만을 입력받는다.

이러한 제약을 보완하기 위해 C언어에서는 다양한 문자열 입출력 함수를 제공하고 있다.

예제 8.11 ArrayTest11.c

```
1       #include <stdio.h>
2
3       int main(void)
4       {
5           char str[10];
6           gets(str);
7
8           printf("str 출력 : %s \n",str);
9
10          return 0;
11      }
```

▼ 결과

```
str 출력 : I like U
```

gets'라는 새로운 문자열 입력 함수가 등장하였는데 이를 통하여 문자뿐만 아니라 공백이 포함된 문자열까지 입력받을 수 있다. 여러 문자열 입출력 함수에 대해서는 별도로 알아보자.

포인터

포인터

이번 chapter에서 학습할 포인터는 메모리에 직접적인 접근을 통하여 데이터의 신속한 처리와 메모리 자원의 효율적인 사용을 가능하게 해준다. 실제로 포인터의 활용은 무궁무진하며, 포인터를 제대로 활용하기 위해서는 컴퓨터 메모리에 대한 깊은 이해가 필요하다. 이 책에서는 포인터의 기본적인 내용을 다룰 것인데, 이는 추후 심화 내용을 학습하는데 밑거름이 될 것이다.

포인터의 개념

먼저 포인터를 학습하기 전에 변수의 개념에 대하여 다시금 떠올려 보자.

변수는 데이터가 저장된 메모리 공간의 이름을 나타내며, 변수를 통하여 메모리에 저장된 값에 접근하여 이를 사용할 수 있다.
아래 그림은 int형 변수 'num'을 선언하여 '1004' 값을 저장한 임의의 메모리 모습이다.

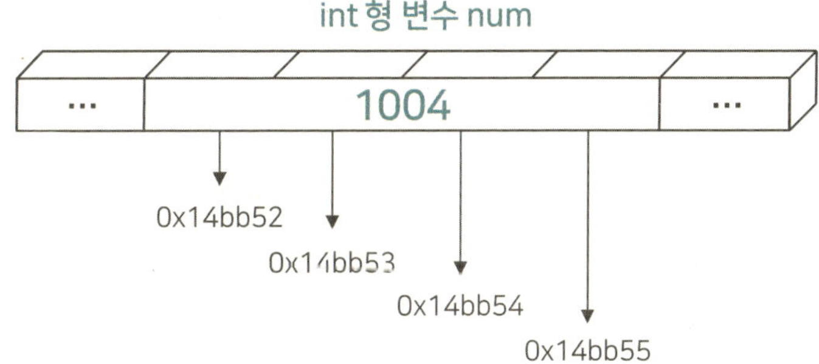

한편 C언어에서는 일반 변수의 메모리 주솟값을 저장하는 또 하나의 포인터 변수를 생성하여, 이 포인터 변수를 통하여 일반 변수에 접근할 수 있는 기능을 제공한다.

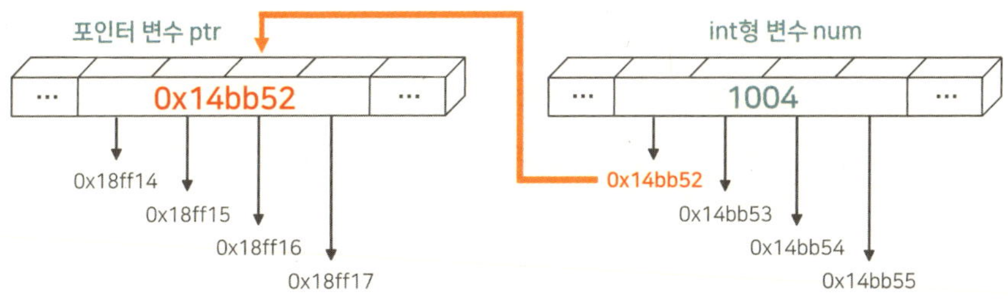

포인터 변수의 구조를 위 그림에서 나타내고 있다.

오른쪽 그림에서 int형 변수 'num'이 생성되면서 4byte의 메모리 주소를 할당받는다. 이중 첫 번째 메모리 주솟값을 포인터 변수 'ptr'에 저장을 하게 되면, 이 포인터 변수 'ptr'을 통하여 변수 'num'에 접근이 가능해진다.

참고로, 포인터 변수에 할당된 메모리 크기는 컴퓨터 사양에 따라 다양할 수 있다.

본격적으로 포인터 변수에 대하여 학습해보자. 아래 그림은 포인터 변수 생성 방법이다.

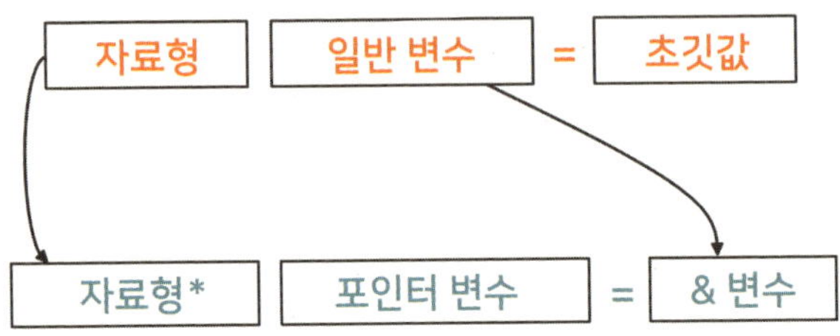

포인터 변수의 자료형은 가리키는 변수의 자료형에 맞추어 정해진다. 이때 자료형에 역참조 연산자 '*'가 포함된 것을 눈여겨보자. 실제로 포인터 변수의 자료형은 'ㅇㅇ자료형'이 아니라 'ㅇㅇ자료형 포인터'이다. 즉 포인터 역시 개별적인 자료형이다.

이어서 포인터 변수의 이름을 지정한 후 가리키고자 하는 변수의 주소를 저장한다. 이때 변수 주소의 저장을 위해 '&' 연산자가 사용되었음을 눈여겨보자.

이제 예제를 통해서 직접 포인터 변수를 만들어보자.

예제 9.1 PointerTest1.c

```
1     #include <stdio.h>
2
3     int main(void)
4     {
5         int num = 100;
6         int * ptr = &num;
7
8         printf("num 주소 : %p ₩n", &num);
9         printf("ptr 값 : %p ₩n" , ptr);
10
11        return 0;
12    }
```

▼ 결과

```
num 주소 : 001DFDD0
ptr 값 : 001DFDD0
```

5행에서 int형 변수 'num'을 생성하여 '100'을 저장하였다.
6행에서 int형 포인터 변수 'ptr'을 생성하였으며, 포인터 변수 'ptr'에 'num'의 주솟값을 저장하였다.

8행에서 '&' 연산자를 이용하여 변수 'num'의 주솟값을 출력하고 있는데, 주솟값을 표현하기 위해 서식문자로 '%p'가 사용되었음을 눈여겨보자.
이어서 9행에서 포인터 변수 'ptr'에 저장된 값을 서식문자 '%p'를 이용하여 출력하고 있다.

8행, 9행의 같은 출력 결과를 통하여 포인터 변수에 저장된 값은 포인터 변수가 가리키는 변수의 주솟값이라는 것을 확인하였다. 참고로 컴퓨터 환경에 따라 주소는 다를 수 있다.

이어서 아래 예제를 통하여 포인터 변수로 포인터 변수가 가리키는 일반 변수의 데이터를 변경할 수 있는지 확인해보려고 한다.

예제 9.2 PointerTest2.c

```
1    #include <stdio.h>
2
3    int main(void)
4    {
5        int num = 100;
6        int * ptr = &num;
7
8        printf("변경 전 num 값 : %d \n" , num);
9        printf("변경 전 *ptr 값 : %d \n", *ptr);
10
11       (*ptr) = 50;
12
13       printf("변경 후 num 값 : %d \n" , num);
14       printf("변경 후 *ptr 값 : %d \n", *ptr);
15
16       return 0;
17   }
```

▼ 결과

```
변경 전 num 값 : 100
변경 전 *ptr 값 : 100
변경 후 num 값 : 50
변경 후 *ptr 값 : 50
```

5행, 6행에서 각각 변수와 포인터 변수를 생성하였다.

8행에서 변수 'num'에 저장된 값을 출력하고 있다.

이어서 9행에서 새로운 연산자 '*'가 등장한다. 바로 역참조 연산자라고 불리는 연산자인데, 결론부터 얘기하면 이 연산자를 통하여 포인터 변수 'ptr'이 가리키고 있는 변수에 접근이 가능해진다.
결과에서 확인할 수 있듯이 9행의 출력 값은 8행의 출력 값과 같다. '*' 연산자를 통하여 포인터 변수 'ptr'이 가리키고 있는 변수 'num'에 접근하였기 때문이다.

이어서 11행에 주목하자. '*' 연산자를 통하여 포인터 변수 'ptr'이 가리키고 있는 변수 'num'에 접근하여 'num'에 저장된 값을 변경하고 있다.

13행, 14행에서 변경된 값이 출력된 결과를 토대로 '*' 연산자를 통하여 포인터 변수 'ptr'이 가리키고 있는 변수에 접근할 수 있음을 확인하였다.

포인터와 배열

이전 section에서 포인터 변수의 기본 원리에 대하여 알아보았다. 이어서 학습할 내용은 앞서 학습한 배열과 포인터의 관계이다. 대체 배열과 포인터 사이에는 무슨 연관이 있는 것일까? 이번에도 결론부터 얘기하자면 배열의 이름은 포인터이다.

배열의 이름은 배열 첫 번째 요소의 시작 주소를 가리키는 포인터이다.

아래 예제를 통하여 이 같은 사실을 직접 확인해보자.

예제 9.3 PointerTest3.c

```
1    #include <stdio.h>
2
3    int main(void)
4    {
5        int arr[5]={2, 4, 6, 8, 10};
6
7        printf("배열 이름 주소 : %p \n", arr);
8        printf("배열 첫 번째 요소 주소 : %p \n", &arr[0]);
9        printf("배열 두 번째 요소 주소 : %p \n", &arr[1]);
10       printf("배열 세 번째 요소 주소 : %p \n", &arr[2]);
11       printf("배열 네 번째 요소 주소 : %p \n", &arr[3]);
12       printf("배열 다섯 번째 요소 주소 : %p \n", &arr[4]);
13
14       return 0;
15   }
```

▼ 결과

```
배열 이름 주소 : 001DFC9C
배열 첫 번째 요소 주소 : 001DFC9C
배열 두 번째 요소 주소 : 001DFCA0
배열 세 번째 요소 주소 : 001DFCA4
배열 네 번째 요소 주소 : 001DFCA8
배열 다섯 번째 요소 주소 : 001DFCAC
```

5행에서 'arr'이라는 이름의 int형 배열을 생성하였다.

7행에서 배열 이름 'arr'에 저장된 값을 서식문자 '%p'를 이용하여 출력하고 있다.

이어서 8행에서 배열 첫 번째 요소의 주솟값을 출력하고 있다.

7행, 8행의 같은 출력 결과를 통하여 배열 이름이 포인터라는 사실을 확인할 수 있었다.

이번 예제를 통하여 실제로 배열이 생성되면 순차적으로 메모리 공간을 할당받게 된다는 사실을 추가로 확인할 수 있다.

int형 배열 요소들의 주솟값을 출력한 결과 정확히 4byte씩 차이가 난다. 참고로 메모리 주솟값을 표현하기 위해 16진수가 사용되었으며, 컴퓨터의 주소체계에 따라 실행결과는 다를 수 있다.

이전 예제에서 확인한 배열 이름은 포인터라는 사실을 바탕으로 이 포인터를 통하여 배열 요소에 접근해보려고 한다.

예제 9.4 PointerTest4.c

```
1    #include <stdio,h>
2
3    int main(void)
4    {
5        int arr[4]={2, 4, 6, 8};
6
7        printf("%d, %d, %d, %d \n", arr[0], arr[1], arr[2], arr[3]);
8        printf("%d, %d, %d, %d \n", *(arr+0), *(arr+1), *(arr+2), *(arr+3));
9
10       return 0;
11   }
```

▼ 결과

```
2, 4, 6, 8
2, 4, 6, 8
```

5행에서 'arr'이라는 이름의 int형 배열을 생성하였다.

7행에서 배열 'arr'의 요소들에 저장된 값을 하나씩 출력하고 있다.

이어서 8행에서 '*' 연산자를 통하여 배열 요소에 접근하여 저장된 값을 출력하고 있다.

7행, 8행의 같은 출력 결과로 '*' 연산자를 통하여 배열 요소에 접근 가능함을 확인하였다.

배열 이름이 포인터이기 때문에 포인터와 '*' 연산자를 이용하여 배열 요소에 접근할 수 있다. 포인터를 통하여 배열 요소에 접근하기 위해서 아래 식을 기억하자.

$$*(arr+i) \ = \ arr[i]$$

참고로 위 식에서 'i'는 배열 Index를 의미한다.

 이제 포인터의 마지막이다.

앞선 chapter에서 'scanf' 함수를 통하여 문자열을 입력 받을 때 '&' 연산자를 포함하지 않아도 괜찮다고 언급하였다.

scanf("서식문자" , &문자열 배열); vs. scanf("서식문자" , 문자열 배열);

 이제야 그 이유에 대한 설명이 가능한데, 배열 이름 자체가 포인터로써 배열의 시작 주솟값을 의미하므로 주솟값 반환을 의미하는 '&' 연산자를 추가하지 않아도 되기 때문이다.